名家笔下的中国老城市丛书

名家笔下的

老苏州

总主编 张祖庆
主 编 曹 彬
朗 诵 柏玉萍

山东城市出版传媒集团·济南出版社

图书在版编目（CIP）数据

名家笔下的老苏州 / 曹彬主编. — 济南：济南出版社，2021.11

（名家笔下的中国老城市丛书 / 张祖庆主编）

ISBN 978-7-5488-4061-9

Ⅰ.①名… Ⅱ.①曹… Ⅲ.①散文集—中国—当代 Ⅳ.①I267

中国版本图书馆CIP数据核字（2021）第217781号

名家笔下的老苏州

MINGJIA BIXIA DE LAOSUZHOU

出 版 人：崔　刚

图书策划：赵志坚

责任编辑：赵志坚　刘德义　史　晓　孙亚男　李文文

封面设计：侯文英

版式设计：刘欢欢

封面绘图：王桃花

出版发行：济南出版社

地　　址：济南市市中区二环南路 1 号（250002）

邮　　箱：976707363@qq.com

印 刷 者：济南鲁艺彩印有限公司

经 销 者：各地新华书店

成品尺寸：170 mm×240 mm　1/16

印　　张：8

字　　数：90千字

印　　数：1—35000册

出版时间：2021年11月第1版

印刷时间：2021年11月第1次印刷

定　　价：35.00元

序

每座城都是一本书，每本"城书"都有其独特的精神气质。

生于此城，长于此城，你便与城融在一起，成为城的细胞。城的性格脾气就是人的性格脾气。城与人，相依共存。

一座有生命的城，少不了市，故曰"城市"。

城市于人的成长是烙印式的。无论你身在何处，永远不能忘记的是家的味道、城的气息、城的日常。我们怀想它，念叨它，也常会在某个时间点，因见到所居城市的一处景、一个人，甚至一株菜而深情满怀、热泪盈眶。作家池莉在回忆家乡武汉的菜薹时写道："我对菜薹是情有独钟、不离不弃到即便它们老了也要养着，花瓶伺候，权当插花……看花时，一回回，心里暗叹：菜薹！哦，菜薹真心是我对武汉最深的一份眷恋。"

每一座历经千百年的城市，都是一条生命涌动的长河，于风云变幻间，留下吉光片羽。

一座古老的城市，值得我们细细品读。从显处读，可以是让游人赏心悦目的湖光山色，也可以是令吃客垂涎欲滴的特色美食。但是，仅读这些还不够，我们还要走进城市深处。风采卓绝的人物要读，深厚的文化底蕴要读，明亮的人文精神要读，这样才能走近一座城市的灵魂。

可是，谁敢说，我们真正读懂了我们所生活的城市？谁又敢说，我们真正触摸到了城市的灵魂？可能，在喧嚣的城市里，孩子还没有静静凝视过家门前那条不知源头的河流，没有留心觉察过城市中不断冒出的楼宇，没有仔细聆听过城市发展的滚滚车轮声。甚至，有这样一种情形——生活在南京的孩子不知道石头城的历史，生活在苏州的孩子没听过评弹，生活在西安的孩子没了解过秦岭的前世今生……

不得不说，这是生命成长中的小缺憾。

中国有个性、有魅力、有文化的城市何其多也！若是有一套中国城市的读本，以名家的文字为城市代言，纵览历史发展脉络，横看现代文明景观，让青少年读者从书中读城市的古今面貌，用脚步触摸城市的现实温度，那该多好啊！我的倡议得到各地名师的积极响应，大家一拍即合，快速行动。我们希望，经由这套书，每位大小读者从自己所居之城开启城市阅读之旅，了解城的古今，梳理城的脉络，以城为荣，以城为傲。

人是城市的核心因子。人和城市的相处方式有很多种，阅读城市理应成为重要的一种。以中小学生喜闻乐见的方式打开城市阅读之门是我们的编写初心。通过阅读名家优秀的文学作品，让孩子建立对城市的文化印象，让城市发展脉络及精神气质化入孩子的生命成长中。

经多次讨论，我们最终把这套书命名为《名家笔下的中国老城市》，初定二十个老城市，分别为北京、上海、杭州、南京、武汉、西安、济南、青岛、成都、重庆、绍兴、厦门、苏州、福州、徐州、广州、洛阳、开封、镇江、淮安。"老城市"就是有悠久历史、灿烂文明、独特意蕴的城市，老城市都是有故事的城市，读者能从书中感受到厚重的城市文化与个性迥异的时代特质。城市不分大小，大城有大城的宏伟，小城有小城的韵味。

为城市编书代言，我们深知其中的艰辛。一本小书难以概括一座城市的全貌和气质。尽管如此，我们还是愿意倾尽全力。我们组建了一支有深厚的文化学识和城市情怀的编写团队，他们多是在全国有影响力的特级教师、正高级教师、一线名师。有的名师为了在书中呈现更立体多元、经典可读的城市风貌，通读了几百本相关书籍，仍觉得不够；有的名师对"老城市"的"老"做了精准的解读，对丛书的助读系统提出丰富的设计框架；有的名师带领他的"学霸"团队，利用节假日，走进博物馆、图书馆，做大量的文献检索……毫不夸张地说，每个城市的编者都经历了艰苦的"前阅读"。

然而，写城市的文章太多了，选几十篇编入书中，简直是沙里淘金，且一定遗珠多多。选择什么样的文字呢？经过几番讨论，数易方案，渐渐地，编写组达成共识。我们发现，读城有迹可循。编写团队做了这样的梳理：

1. 依循城市纵横交错的线索，确定框架。为打捞丢失在历史尘埃中的城市老时光，我们做了一番细细耙梳、反复筛选的工作，再沿着"纵""横"两条线索将占有的资料以主题单元的方式呈现。"纵"即城市的历史沿革、发展脉络；"横"就是城市当下的多面向文化叙事，包含景观、习俗、人物、美食、童谣等。这样编排，既有历史的纵深感，又有现实的亲切感，丰富博大的城市概貌就有可能浓缩在一本小书中。

2. 充分考虑读者对象，精准定位选文方向。本套丛书的主要读者是中小学生，兼顾其他年龄段读者，所选文章多是可读性、文学性俱佳的名家作品。很多写城市的书只是给大人看的，客观介绍一座城市，文字也不够浅近，孩子难免会觉得枯燥。从这个意义上来说，这是一套定制版的城市文学读本，这一特色让本套丛书有别于其他城市主题的书。

3. 让"行读城市"成为一种新的生活方式。读城市，最终要走到城市中。本套丛书有一个重要的编写思想，那就是跟着编者行读城市。二十个城市读本中，有的将研学作为一个单独章节，有的则将其融合在各个章节中。无论采用哪种形式，小读者们都能从书中读到书外。一本书就是一座城的博物馆"入场券"，儿童（或成人）经由这张"入场券"，走进城市文明深处。

以《名家笔下的老武汉》为例，我们来一睹老武汉的城貌——全书分为八个章节，从《日暮乡关何处是》到《踏破铁鞋无觅处》《忙趁东风放纸鸢》，将江湖武汉、火辣辣的武汉、因爽而快的武汉生动地展现给读者。每一章都有"导读""群文探究"，每一篇都有"读与思"。读一本书，仿佛在与城市对话、与编者交谈，读者可带着憧憬之心、探究之趣在城的古今穿梭，在城的南北畅游。

编者刘敏动情地说："二十年前，我在武汉读大学。如今，我拖儿带女留在武汉，安居乐业。多少次，我漫步于夜幕中的长江大桥，和灯火一起微醺；多少次，我在汉口江滩，寻觅百年的沉浮……"

不只是武汉，每一座城都值得用心去读。《名家笔下的老西安》编者王林波老师的感言，说出了所有编者的心声："三年多的时间里，我们走街串巷地亲历感受，我们翻阅文献广泛搜集筛选，我们对话作者深度访谈。一切的努力，只是单纯地想为你——亲爱的读者呈现最适合的老城市。"

我们有理由相信，这是一套真正的精华读本，读者站在名师深读的肩膀上乌瞰城市，深入城市的叶脉、根系，享受读城的步步惊喜，体验读城的无穷乐趣。

亲爱的读者朋友们，《名家笔下的中国老城市》丛书是一座开放的城堡，我们将不断寻觅，让这个城堡的成员更丰富，文化更多元，视野更开阔。我相信，你们的阅读也必然是开放的——读城市的文学、文化、文明，读城市的传说、市井、烟火，读城市的性格、秉性、气质，读城市的人、事、景……自己读，和爸妈、老师一起读，走进城市博物馆，实景考察，深度研学；不仅读"我的城"，还要读"他的城"，因为这都是"我们的城"。

再次翻阅一本本书稿，我心中感奋不已。我仿佛又一次和编者朋友们一道，穿行一座座古城，漫步一条条大街，走进一处处深宅，聆听古老钟声，触摸历史心跳。

人在城中，城在心里；一眼千秋，千秋一卷；一卷一城，读行无疆。

于杭州·谷里书院

水乡卧游

苏州是一座古城，有多古？如果从吴王阖闾建城算起，那么苏州城至今已有两千五百余年的历史。

提起苏州，人们最先想到的词可能是"水乡"。的确，苏州拥有碧波万顷的太湖，京杭运河环城而过，城内五步一河、十步一桥，河道之上橹声欸乃，清明时节满眼铺天盖地、千丝万缕的烟雨。唐代杜荀鹤诗云："君到姑苏见，人家尽枕河。"一个"枕"字，写尽了苏州和水的因缘。

正因有了和水的不解之缘，苏州人血液里流淌的都是水的温润和灵动。形容苏州方言的词叫"吴侬软语"，未闻其声，已觉其润，将苏州人性格上的软糯铺张到了极致。

情人眼里出西施。对于一个生长、生活在苏州的人而言，乡邦情结所系，很早就动过为家乡编一本书的念头。这次有机会为《名家笔下的老苏州》选文，如同欣逢一场意外的纸上建城之旅。我这个"苏州土著"，也得以借此重新认识孕育、滋养我的这方水土。编书的过程艰辛而愉悦，从选材、布局，到撰写"单元导语"，到设计"读与思"，再到拍摄插图——多年累积的"苏州原料"，在揪心取舍、反复编排后，终于拼凑成一个整体。

要想深度走进一个城市，首先得了解她的前生今世。编者试图用有限的篇幅展开苏州历史长卷，是一个不小的挑战。因苏州的历史太过悠久，值得一提的史事不胜枚举。最终选定的二十个题目，也只能大致勾描出苏州史的轮廓。选题遵循三个标准：真实性、代表性和趣味性。唯一的例外是关于干将莫邪的故事。这则故事带有明显的神话色彩，但还是决定保留。一是因为故事流传深远，二是因为神话本身的确折射出部分史实——苏州在春秋时期冶金技术已达到令人叹为观止的程度，这是吴国征伐扩张的物质基础。当然，神话的神秘感也增加了城市的吸引力。

文化是一座城市特立独行的资本。那些被人们津津乐道的自然景观，正是由于地域文化的滋养而衍生出丰赡的附加值。因此，"文化"是"苏州文选"的精神内核。选文大多出自名家名手，但也不排除某些籍籍无名但出手不凡的作者。这些略显冷僻的文章，为我们提供了观察苏州的独特视角，恰恰体现了编者的匠心。选文时间跨度很大，既有出自唐代诗人的律诗，也有明代文人张岱、李流芳的古文。张岱写葑门荷宕胜景，是一幅小型的姑苏繁华图。李流芳撷取记忆中的浮光掠影，形诸画笔，配上文字，装成册页。所配文字称《〈江南卧游册〉题词》，每段篇幅短小，写景、记事、忆旧游，是今人很少能领略到的闲情逸致。现当代作品占据了选文主流，内容上有交叉，便于对比；展现的城市风貌则力求全面，既有珠围翠绕的富庶气象，也不乏荆钗布裙的市井气息。选文的作者各具性情和笔调，对苏州的态度，也并非一味高唱赞歌。有时善意的调侃反倒增添了苏州的可爱，拉近了读者和城市的距离。

古人有"卧游"之说，在不能借助网络设备的古代，要实现躺着旅游，唯有倚仗文字和画卷。如今，信息爆炸，交通便捷，随时能来一场说走就走的旅行。然而捧卷卧游、凝神畅想的流风遗韵，仍不失为一份难得的清福，尚有存在的意义。就像大家翻阅菜单或食谱，吊足胃口却延迟满足，远胜过即时兑现的梦想。这姑且算作一个"老苏州"作为编者为家乡圈粉的一点"花招"。

关于苏州的一切，无法浓缩在一册书里。本书精选的插图或许可以帮助你更好地了解苏州，但无论文字还是图片，都只能助长你的想象力，不能代替真正的苏州。天平的红枫，洞庭的渔舟，寒山寺的钟声，以及寻常巷陌里袅袅升腾的烟火，都等待着你亲手揭开面纱。

曹彬

目录

MULU

老苏州

第一章　苏州史记

行人怅望苏台柳，曾与吴王扫落花。

　　苏州是首批国家历史文化名城之一，是吴文化的重要发祥地，拥有源远流长的历史文化和灿烂丰富的人文积淀，享有"人间天堂"的美誉。顾颉刚说："苏州城之古为全国第一，尚是春秋物。"自古至今，苏州城里流传下来的故事无不生动有趣、影响深远：子胥奔吴、卧薪尝胆、干将莫邪……徜徉于苏州的历史长河中，仿佛置身于苏州城中，抬头可遥望当年吴越春秋的烽烟，垂首可踩过吴地人杰的足迹……快快打开本章，让我们一起了解苏州城的前世今生吧！

扫码立领
★ 名师朗读
★ 美文微课
★ 城市印象
★ 老城记忆

水陆萦迴

始祖泰伯　延陵季子

始祖泰伯

说起吴地故事，那要从三千多年前的吴人始祖泰伯开始。

传说古公亶父有三个儿子：泰伯、仲雍和季历。由于古公亶父喜欢季历的儿子姬昌，所以他想把王位传给季历，这样姬昌就能顺理成章地承袭王位。

泰伯知道父亲的心思，他不想让父亲为难，就和二弟仲雍离开故乡，来到江南。

因为他们带来了北方先进的生产技术，让原本生活贫困的人过上了好日子，兄弟俩很快被当地人接纳。泰伯被拥戴做了首领，国号为"勾吴"。从此以后，泰伯治理的这块区域就被称为"吴地"。

延陵季子

泰伯的十九世孙叫寿梦，他登上王位后的第一件事，就是前往中原，朝见周天子。他沿途访问了许多诸侯国，惊叹于北方诸国的先进文明，不禁感慨万千。

回国后不久，寿梦病重。临终前，他把诸樊、余祭、夷昧和季札四个儿子叫到跟前，对他们说："我们吴国自泰伯创业以来，历尽艰辛，现在虽然略有小成，但和北方的诸侯国比起来，还是很落后，只有贤能的人才能治理好国家。你们四个虽然都很出色，但季札最优秀，我想传位给他，你们以为如何？"

延陵季子像

年纪最小的季札听后推辞说："王位的继承，传长不传幼，这是礼法明确规定的。废弃礼法必有后患，不利于吴国的长治久安。"

寿梦死后，诸樊以长子身份继位。但他时刻牢记父亲的遗愿，一年服丧期满后，诸樊就援引古代的"禅让"习俗，准备让位给季札。季札坚决不接受，毅然归隐山林，耕地而食。诸樊只得收回成命，另发一道命令，将延陵封给季札。从此，人们就尊称季札为"延陵季子"。

十三年后，诸樊病死，余祭继位；四年后，余祭被刺身亡，王位依次传给夷昧。夷昧临终前，想把王位传给弟弟季札，哪知季札还是不肯接受。季札说："我的愿望是做一个洁身自好、品德高尚的人，王位对我来说不过是过眼云烟而已。"说完，就离宫回到封地延陵去了。群臣没有办法，只得立夷昧的儿子僚为新吴王，史称"吴王僚"。

子胥奔吴　阖闾登位

子胥奔吴

伍子胥原是楚国的贵族，父亲伍奢是楚国的高官，因事得罪了楚平王，被打入大牢。楚平王听说伍奢还有两个儿子在城父，都很能干，如不除掉，后患无穷。楚平王就让伍奢给两个儿子写信让他们回来，说这样就能免伍奢一死。伍奢早就看透了楚平王的阴谋，平静地说："要我写信可以，大儿子伍尚或许会来，小儿子伍子胥肯定不会来。"

楚平王问："为什么？"

伍奢答道："伍尚为人敦厚，必定冒死前来。子胥足智多谋，志存天下，明知是来送死，怎会上当？"

楚平王派使者带着伍奢的信，来到城父，对伍尚说："令尊挂念两位，特令我捎来一封信，请拆阅。"

伍尚看过信后找到弟弟，说："楚平王派使者带来父亲的信，让我们回去，可免父亲一死。"

伍子胥将信仔仔细细看了一遍，摇头说："哥哥，楚平王现在召我们回去，肯定是个圈套！"

伍尚疑惑地说："可父亲的来信如何解释呢？"

子胥说："父亲是被迫写的，你看不出来吗？"

伍尚皱起眉头，叹了口气："我们若是不回去，必会加重父亲的罪名。"

子胥见哥哥仍未识破楚平王的计谋，焦急地说："楚平王想杀父亲，又不放心我们，如我们前去，只会加速父亲死亡；我们不去，他们或许还不敢动手！"

伍尚听了，哽咽着对子胥说："父亲如今被关在大牢里，我怎能心安？即使此去是刀山火海，我也义无反顾！"

子胥见劝不回伍尚，长叹一声说："兄长此去是守孝道，但若同父亲一起冤死，又有何好处呢？兄长如一心要去，弟弟当就此诀别！"

伍尚想了一想，毅然说："我此去若同父亲一起被害，也是尽我孝心，贤弟来日为我们报仇吧！"

伍尚随使者回到楚国都城，立即被关入大牢，几天后父子俩一起被杀。伍奢临死前仰天大呼："我儿伍子胥逃走了，楚国的灾祸在后头呢！"

虽然楚平王派人四处追捕伍子胥，但伍子胥还是历尽千辛万苦，长途跋涉，到达吴都，见到了吴王僚。

阖闾登位

吴王僚在宫中召见了伍子胥，见他目光如炬，谈吐不凡，心里很欣赏。伍子胥在谈到家仇时那副咬牙切齿的模样，又让吴王僚犹豫起来，生怕会给吴国带来麻烦。公子光在一旁见状，趁机说："伍子胥来吴不过是想借机报私仇而已，不见得对吴国有利。"此话正中吴王僚的心意，于是伍子胥被晾在一旁。

公子光私下以厚礼结交伍子胥，伍子胥看出了公子光的用心，便设法予以帮助。

公子光是诸樊的长子，也是寿梦的嫡长孙，王位本该属于他。伍子胥能感受到他内心的不满和抱负。但伍子胥也明白，要帮助公子光夺取王位不是容易的事。吴王僚父子连续为王二十三年，在吴国根基深厚，公子光势单力薄，与之公开较量的路显然走不通。唯一可行的办法就是暗杀。于是，公子光密令伍子胥去民间物色杀手人选。

伍子胥离开吴国，以隐居为名来到堂邑，寻访一名叫专诸的勇士。当年伍子胥逃亡路过堂邑时曾见过这个专诸，人长得孔武有力，对自己的母亲却很孝顺。

伍子胥找到专诸，刻意和他交往，过了一段时间，就把公子光介绍给了他。

公子光时常接济专诸母子，如此过了数年，专诸母亲年老去世。专诸埋葬母亲后，对公子光说："主公，这些年来，我受您大恩，当时因有母亲在堂，不便相问。现在家母过世，我人子之责已尽，敢问主公有何吩咐？"

公子光不再隐瞒，把刺杀吴

王僚的计划一五一十地说了出来。专诸沉思许久，问："不知吴王僚有什么爱好？"公子光答："喜食美味佳肴。"专诸问："最喜哪种美味？"公子光答："烤鱼。"专诸说："好，我先学做烤鱼，学成后再来听主公差遣。"专诸来到太湖边上，专心致志学了三个月烤鱼后，技艺学成，凡品尝过他所烤之鱼的人无不称赞。

专诸以厨师的身份在公子光府上住下，等待时机。终于，吴王僚发兵攻楚，国内空虚，正是发难的好机会。公子光取出祖传的鱼肠宝剑交给专诸，商定以设宴款待吴王僚为名，由专诸下手刺杀吴王僚。公子光在暗中埋伏伏兵，等专诸刺杀成功后，杀掉吴王僚的卫士，士兵再随公子光进入吴王宫。

次日，吴王僚驾临公子光的府中赴宴。为防万一，他特意穿了三副铠甲，又令所有卫士随驾前往。

宴桌两旁，上百名王宫卫士身佩利刃，不离吴王僚左右。凡上堂献菜的人，都先在堂下由卫士搜身，然后膝行而上。

菜肴一道道有条不紊地端上来，看着时候已到，公子光借口离席，来到地窖。不一会儿，专诸捧着烤鱼上来，卫士照常搜身，他们不知道鱼肠剑已藏在烤鱼腹中。专诸低首膝行而前，诱人的烤鱼香味四溢，吴王僚正喜不自禁。不料专诸突然从鱼腹中抽出宝剑，向吴王僚扎去，利剑直透三层铠甲。吴王僚大叫一声，死于堂前。专诸也被卫士们杀死。

公子光听到大堂上的骚动声，知专诸已动手，他一声令下，伏兵尽出。宫中卫士见吴王僚已死，人心涣散，不一会儿便死伤过半，余者四散逃生。

公子光率士兵进入宫中，召集文武大臣，宣布吴王僚的种种罪状，自登王位，史称"吴王阖闾"。

刺客要离　兵圣孙武

刺客要离

伍子胥利用刺客专诸，刺杀了吴王僚，助公子光登上王位。这位吴王就是阖闾。

但僚的儿子庆忌逃到了卫国，一心想要复仇。伍子胥忧心忡忡，向吴王阖闾推荐了另一位刺客——要离。

吴王阖闾见要离身材矮小又单薄，怀疑地问："你能行吗？庆忌力大无比，机警异常，我的兵用六匹马拉的车追他，都让他逃脱了。你手无缚鸡之力，怕是连剑都拿不动，岂是庆忌的对手？"

要离笑笑说："一个好的刺客，关键是看他有没有勇气与智慧，而并非看他有没有力气。大王只要能助我一臂之力，我就一定能办成此事。"说罢，他同吴王阖闾密语了一番。吴王阖闾听后，顿时转忧为喜。

第二天上朝，吴王阖闾就在朝堂上大发雷霆，让手下宣布要离企图阴谋叛变、结交外敌的罪证，下令通缉要离。要离假装闻讯逃走。吴王阖闾下令烧死了要离的妻儿，大张旗鼓地追捕逃犯要离。

要离逃出吴国，来到卫国投靠庆忌。庆忌十分高兴，说："吴王阖闾无道，众所周知。如今你侥幸逃出虎口，来到我这里，真是太好了！"从此，要离和庆忌同吃同住，亲密无间。

过了一阵子，要离骗庆忌说："吴王阖闾的暴虐无道愈演愈烈，国内不断有臣民反抗。我们何不趁机潜回吴国，以便图谋大事？"庆忌觉得要离说得有理，就带着手下启程回吴国。

从卫国到吴国，需坐船横渡长江。当时的船比较小，坐船的人又多，船驶到江心时，风大浪高，船只剧烈颠簸，同庆忌一起挤坐在船头的要离，趁船身晃动时，拔出暗藏的匕首，向庆忌猛刺过去。庆忌猝不及防，死在了要离的刀下。

要离回到吴国，向吴王阖闾报告谋刺成功，吴王阖闾听后大喜，要重赏要离。要离沉痛地说："我罪孽深重，没脸活在世上了。"

吴王阖闾感到很意外，问："壮士何罪之有？"

要离说："罪名有三，为谋求君王的宠信，害死妻儿，是为不仁；为新王杀害先王的儿子，是为不义；成就了您的霸业，自己却家破人亡，是为不智。不仁、不义、不智，三罪俱在，我还有什么面目活在世上？"说罢，要离自刎而死。

兵圣孙武

吴王阖闾自即位以来，一直在整军备武，准备同宿敌楚国一决胜负，但苦于找不到中意的统兵大将。伍子胥知道吴王阖闾的心思，便将自己的朋友、当时隐居在穹窿山的孙武介绍给吴王阖闾。

孙武来到宫中，把自己编著的兵书十三篇次第呈给吴王阖闾，吴王阖闾看过后赞赏不已。但这只是书面的功夫，孙武的实际能力如何呢？吴王阖闾还想测试一下。

这天，当孙武讲完最后一篇兵法后，吴王阖闾问道："先生

兵法说得极好，但不知能否实际操练给寡人看看？"孙武说："可以，兵法操练，不论男女都可胜任。"吴王阖闾听说女的也可以胜任，来了兴致，马上叫出宫女一百八十人供孙武演练。

孙武将宫女们分成两队，让吴王阖闾的两名爱姬担任队长。孙武讲完了队形要求，亲自击鼓为号。不料一通鼓响，宫女们个个掩口而笑，东倒西歪不成队形。孙武说："约束不明，申令不熟，错在主将！"于是又将军令复述一遍。二通鼓响，宫女们依然扭扭捏捏，嬉笑不止。孙武大怒，两目忽张，厉声说道："约束不明，错在主将；三令五申违令依旧，则错在吏士！"说罢转头问执法官："该当何罪？"执法官答："当斩！"孙武立即下令绑下两位队长，斩首示众。

吴王阖闾在台上看操练，忽见孙武要杀自己的爱姬，忙叫侍从传令："寡人已知将军能用兵。这两位是寡人的爱姬，没了她们，寡人吃不下，睡不好，希望先生不要杀她们。"

孙武说："臣既已受命为将，当以军法为重。"吴王阖闾的两名爱姬被当场砍了头。孙武令站在前排的两名宫女接任队长，重新开始操练。这时，只见军阵严整，鸦雀无声，阵型变换，迅速利落。孙武派手下向吴王报告："队伍已调试整齐，请大王检阅。大王如有进攻命令，定当赴汤蹈火，毫无畏惧！"

正为无端失去两位爱姬心痛不已的吴王阖闾，对孙武带兵的能力也已深信不疑。不久，吴王阖闾下令，拜孙武为吴国将军。

干将莫邪　卧薪尝胆

干将莫邪

吴王阖闾酷爱宝剑，为防身和提高武艺，派手下四处访求铸剑高手，终于找到了铸剑名家干将、莫邪夫妇。

吴王阖闾命令干将铸一把宝剑。夫妇二人领命后遍访天下名山，采五山之铁精、六合之金英，等天时地利相合，便开始升火铸炼。

干将终于铸成了雌雄两把宝剑，阳剑取名干将，阴剑取名莫邪。干将把阳剑收藏起来，把阴剑献给吴王阖闾。吴王阖闾接过莫邪剑，信手向路边石头一挥，只见那块大青石应声裂开，两旁侍卫齐声喝彩。据说，今天苏州虎丘山上的那块试剑石，就是当年被吴王阖闾砍断的石头。

传说，吴王阖闾听说干将把阳剑藏了起来，担心以后被别人得到克制住自己的阴剑，就派人去向干将索取。吴王阖闾的使臣带着甲士找到干将，逼他交出阳剑。干将不肯把阳剑交出，双方正在争执，忽见阳剑从剑匣中自动跃出，化成一条青龙，托起干将，飞天而去，化作剑仙。

卧薪尝胆

吴王阖闾在一次讨伐越国的战斗中，中箭身亡。他的儿子夫差继位，决心为父报仇。

越王勾践听说吴王夫差日夜练兵，图谋复仇，想先发制人，不肯听谋臣范蠡劝谏，兴兵伐吴，结果惨败。

越王勾践的残兵被吴军围困在会稽山上。勾践对范蠡说："寡人后悔当初不听你的劝告，如今该怎么办？"范蠡说："现在只有投降一条路了，我们先以谦卑的态度向夫差献上厚礼求降，如不行，再以许身为奴为条件，尽人事以听天命吧！"

吴王夫差见越国诚心投降，心中怒气渐消，便想同意。伍子胥在旁劝阻，夫差又犹豫起来。

范蠡向勾践献策，找人贿赂吴国的太宰伯嚭。伯嚭见钱眼开，说服吴王夫差接受了勾践的求降。伍子胥仰天长叹："二十年后，吴国将被夷为平地了！"

投降后的勾践，住在阴暗潮湿的石室里，每天天不亮便起床割草、喂马，他的妻子清除马粪。他们整天在卫兵监视下干活，再苦再累也丝毫不敢露出埋怨的神情。勾践就这样忍辱负重过了三年。

吴王夫差觉得勾践是个有气节的人，有了赦免他的想法，伯嚭也乘机进言，推波助澜。伍子胥坚决反对赦免勾践，认为勾践是个祸患，非但不可赦免，

越相国事范蠡

反而应该杀掉。这时夫差染病已经三个月，范蠡算着这病快到好转的时候，便贿赂伯嚭，说勾践想探视吴王。勾践来到夫差床前，请求允许他看看大王的粪便。侍从将夫差的便桶拿到勾践面前，勾践当着夫差的面，仔细观察了粪便的颜色，又取出一点放在嘴里尝了尝味道，再看看夫差的脸色，最后跪下向夫差祝贺："大王的病很快就会痊愈。"夫差见他如此待自己，十分感动。不久，夫差的病果然好了。夫差为感念勾践的忠顺，不顾伍子胥的极力反对，下令赦免了勾践君臣，让他们回到越国。

勾践回到越国，穿粗衣、吃糟糠，早晚训练士卒，还亲自下田耕作。为了让自己不忘在吴国石室中度过的日子，他特意在地上铺一层柴草当床铺，又在床头上方用绳子吊了一枚苦胆，每天起卧时都舔一舔苦胆，提醒自己："你忘掉求降的耻辱了吗？"

经过数年的艰苦准备，越国储备渐丰，人民殷富。为了消磨吴王夫差的意志，勾践还送给夫差两名倾国倾城的美女。吴王夫差从此把一切政事都托付给伯嚭。而百里之外的越王勾践，正周密地盘算着怎样实现自己的抱负。

这时，北方齐国的国主齐景公去世，齐国大乱，吴王夫差挥师北伐，导致国内空虚。勾践见时机已到，率军偷袭吴国，很快就将吴国攻陷。吴王急速回师，因远程奔波，师劳兵疲，已无力与士气旺盛的越军作战。夫差逃到姑苏山上，派人向勾践求和。勾践正准备接受夫差的求降，范蠡冷静地提醒道："大王这些年来委曲求全，卧薪尝胆，难道不正是为了今天？望大王不要忘了吴国的教训，纵虎归山，后患无穷！"

勾践听完范蠡所说的话，拒绝了夫差的求降。夫差见大势已去，颤巍巍地走到众军士面前，四顾吴国山河，横剑自尽。

壮王刘濞　东吴陆逊

壮王刘濞

　　刘邦夺取天下后，让他的侄子刘濞（bì）来管理吴地。据说刘濞力大无穷，身形魁梧健壮，被称为"壮王"。刘濞充分利用吴国的自然环境，大力发展经济。据史书记载，他利用豫章郡的铜矿来铸钱，利用沿海的优势发展盐业。后来他积累的财富多了，就免除百姓的赋税。在刘濞治理下的吴地，民殷国富，欣欣向荣。

　　刘濞治吴四十年，励精图治，吴地的发展出现了一个繁荣期。后来，因不满于汉景帝削弱诸侯王势力的政策，实力雄厚的刘濞联合另外六个刘姓诸侯发动了叛乱，史称"七国之乱"。"七国之乱"持续三个月，壮王刘濞最终兵败身亡。

　　刘濞统治时期的苏州，出了个读书人，叫朱买臣，家住穹窿山。他出身贫苦，以打柴为生，上山砍柴时总要带着书，休息时就读一段。那时的书是竹简编的，携带不便，因此他上集市卖柴的时候，就把书藏在草丛里。后来那里为纪念朱买臣发奋读书而命名为"藏书"。

朱买臣读书读到快五十岁，仍碌碌无为，倒是背着柴薪大声背书的样子成了村民的笑柄。他的妻子忍受不了别人的耻笑，离他而去。过了几年，朱买臣跟随地方官到长安，寻求做官机会。他很幸运，在一个老乡的引荐下，见到了皇帝。皇帝发现他熟读《春秋》和《楚辞》，觉得他是个人才。从此朱买臣踏上仕途，平步青云。

当他官拜太守荣归故里时，前妻拦马请求收留。朱买臣命差役泼水在地，要前妻把泼出去的水收回来，才好商量。前妻羞愧不已。成语"覆水难收"即出典于此。

东吴陆逊

三国时，吴国的国主孙权夺取荆州，斩杀关羽之后，蜀国上下为之震动。刘备亲率四万大军沿江直下，攻取巫县。东吴大都督陆逊统兵五万准备抵御蜀军。东吴将领纷纷请战，陆逊却说："刘备此人名闻天下，连曹操也怕他几分。现下和我军对阵，切不可轻视。"

刘备大军绵延七百里，结成大规模连营，数千人扎营在平地诱敌。陆逊见状，平静地说："蜀军必有圈套，不可妄动。"果然，刘备见吴军不上当，无计可施，才将埋伏在险谷中的八千兵卒撤出。

面对刘备大军，陆逊考虑到夷陵是吴、蜀间的交界要害，容易夺取，也容易失去。一旦失掉这个屏障，那么荆州的安全就会令人担忧。刘备大军水陆并进，对吴军造成威胁；如若改为放弃水路，单从陆路而来，那就不足为虑了。陆逊见蜀军在陆路处处

扎营，密切关注，伺机而动。

　　吴蜀双方就这样相持了半年多，没有决战。终于，陆逊认为决战的时机已成熟，对诸将说："刘备这人经验丰富，十分狡猾，当初他集结大军前来，必定考虑得很周密，所以我军按兵不动。如今，蜀军驻营已久，他们的士气由盛转衰，击败刘备的时候到了。"陆逊先派兵进攻蜀军的一个营地，不料初战失利，将士们情绪很失落。陆逊却不这么认为，反而从中悟到了重要的作战要领，他对众将士说："我已经知道破敌的办法了。"

　　陆逊令将士各持一把茅草，向蜀军的营地发动火攻。吴军乘势进攻蜀营，连破蜀军大营，大获全胜。蜀军的舟船、器械、装备都损失殆尽。目睹如此惨痛的情景，刘备只得仰面长叹："想不到我竟会被陆逊所折辱，岂非天意！"

　　自从夷陵之战以后，孙权就对陆逊更加倚重了，加拜陆逊为辅国将军，领荆州牧，封江陵侯。

改吴为苏 诗人刺史

改吴为苏

隋朝在统一中国后，将"吴州"之名改为"苏州"，从此苏州这个地名沿用至今。隋朝留给唐朝一项重要的遗产，是纵贯当时中国最富饶的东南沿海地区和华北平原的大运河。大运河开通后，苏州成为江南运河沿岸的四大都会之一。

隋军攻打江南时，派的是越国公杨素。杨素攻下苏州城以后，命部将莫厘驻兵胥毋（wù）山，就是今天的洞庭东山。后来那里的主峰就叫莫厘峰，成为东山的代称。另外，杨素又考虑到苏州城四周没有屏障，无险可守，于是在城西南、横山东面另建新城，将苏州的治所全部搬过去，这座新城后称新郭。新郭小而闭塞，生活诸多不便，唐朝建立后不久，苏州城又迁回旧城了。

对苏州来说，杨素迁城也有意外的收获。历史上新郭地区长期没有开发，直到三国孙吴时期，横塘才有鱼市、渡口出现。自杨素以此为州城，新郭发展加快，面貌焕然一新，一跃成为苏州的政治、经济、文化中心。尽管新城仅维持了三十三年就被废弃，但对这一地区产生了重大影响。一个做过州城的地方，文化基础不会因城废而消亡，如两宋横塘的繁荣、石湖的兴起等，都可以追溯到隋朝迁城的源头。今天，在新郭还保留着杨素桥、杨素井等历史遗迹，以供我们凭吊。

诗人刺史

唐代大诗人白居易，在苏州做过刺史。白居易任刺史时期的苏州，已经是江南的政治中心，刺史任务繁重，繁忙的公务占据了白居易的全部身心，让他几乎没有时间写诗。

唐代苏州有一件盛事——开山塘街，便是出自白居易的手笔。他到任后，发现城北的一条主河淤塞不通，百姓出行很不方便。于是他组织人手，清淤排涝、修整河堤，还在上面夹种桃李。心怀感念的苏州人，将焕然一新的河堤唤作"白公堤"，也就是如今的山塘街。白居易当时或许没有想到，几百年后，明清时期的七里山塘会成为苏州最繁华的处所。直到今天，山塘街仍是苏州的地标之一。

"阊门四望郁苍苍，始觉州雄土俗强。""绿浪东西南北水，红栏三百九十桥。""处处楼前飘管吹，家家门前泊舟航。"……正是通过白居易的这些诗句，人们心目中的苏州乃至江南，才不再只是一个地理概念，而是具有了文化象征的意义。

白居易在苏州只待了十七个月，就因病停职离任。他离开那天，"苏州十万户，尽作婴儿啼"，可以想见，苏州人对这位诗人刺史的感情有多深切而真挚。

平定江南　范公仲淹

平定江南

北宋初年，苏州改称平江军，北宋政和三年（1113 年）升为平江府，因而苏州又被称为平江。"平江"两字的意思，据说是为了庆祝宋朝"平定江南"，这个名称一直沿用到元末明初。近四百年间，这座城市的样子，被镌刻在一方叫作《平江图》的巨碑上。

靖康二年（1127 年），金兵灭北宋后继续南侵，攻入苏州，纵火焚城，苏州城几乎成为废墟。南宋建立后，经过一百年的不断重建，苏州城不仅恢复旧观，而且城市面貌变得更加井然有序，于是刻石为纪。

南宋绍定二年（1229 年），平江知州李寿明主持刻碑工程，另外还有三个刻工参与到刻碑工程中来，他们是吕

梃（tǐng）、张允迪和张允成。在他们的身后应该还有一个庞大的测量和绘制地图的团队。据统计，《平江图》上共绘制有自然地理景观和人文景观六百四十余处，这些景观以立体象形图例标示，清晰而生动。数百年前，苏州人创造了迄今为止发现的世界上绘制最早的城市地图。今天，我们回望北宋，巨碑上交织的线条，仿佛历史旷野上的阡陌纵横。跨过它们，我们可以走进那个卓越的时代和宋人丰富多彩的生活。

宋代的苏州已有了朝廷督办的织锦院和造作局，民间手艺人则按行业聚居生产，形成了专业坊巷。现在我们还能从《平江图》中找到与现实的对应：绣线巷、石匠弄、砖巷、金银巷等。

范公仲淹

每年秋天，当天平山红枫尽染的时候，苏州人有天平赏枫的习俗。天平山是宋代范仲淹的祖坟所在地，苏州人又称天平山为"范坟山"。

范仲淹两岁时，父亲去世，由于生活所迫，母亲带着他改嫁山东朱氏。后来，范仲淹经过数年寒窗苦读，终于登榜，成为进士，得以入仕。

范仲淹做苏州知府时已年近花甲。此时，太湖地区正遭受严重的水患。范仲淹不分昼夜地来往于灾区，实地勘查和寻访，终于找到了苏州水涝频发的原因——吴越时期兴建的水利设施已年久失修，疏导太湖出水的通道大都淤塞。

范仲淹集思广益，向东南方向疏导吴淞江，在江南水岸加固堤围，又向东北方向开河、置闸，使太湖水分流入海。也正是从那时起，太湖流域建立起纵横交错、井然有序的农田水网系统，这一地区逐渐成为良田美景。

在苏州知府任上第二年，范仲淹在苏州城南买了一块地，准备盖住宅。大家都说，此处是宝地，若在此处筑房后人将公卿辈出。范仲淹听后很高兴，但他却说："这样的风水宝地倒不如捐出来建学校，让天下有志之士都在这里接受教育，那样，人才将会更多。"当年府学所在地就是今天的苏州文庙，至今文风蔚然。

范仲淹还是一位杰出的将领。他曾临危受命前往延州抵御西夏。在边疆防御工作上，他显示出了卓越的军事才华，一方面筑城固边，一方面训练士卒。大约三四年的时间，边疆问题便得到缓解，范仲淹也得到了朝廷的高度评价。

如今，苏州小巷深处有一所景范中学，校名就是源于对范仲淹的景仰。

大周政权　江南首富

大周政权

元朝末年，农民起义风起云涌，张士诚率领的盐民起义军就是万千起义军中的一支。

张士诚占领苏州后，由于四面环敌，不得不接受元朝的招降，以求自保。后来，元朝大势已去，张士诚便在苏州建立起自己的政权——大周，和朱元璋、陈友谅等其他军事力量抗衡。在张士诚治理苏州的十几年间，苏州的田赋收入从八十余万石增加到了一百多万石。

像遗王吴张

元末的苏州，有阊门、齐门、娄门、葑门、盘门和胥门六座城门，连系着城门间的城墙长达二十多公里。张士诚入主苏州后，曾在此基础上加筑瓮（wèng）城。今天，在苏州古城的盘门，我们还能看到瓮城的完整形态。

张士诚的势力范围始终被朱元璋压制在苏南和浙西一带。这时有人提醒张士诚："此时要抓紧时间扩张势力，才有可能成就霸业。如今四方豪杰并起，主公若想闭门自守，是坚持

不了多久的啊！"但张士诚没将此话放在心上。

朱元璋和陈友谅决战时，陈友谅曾派使者约请张士诚协同作战，以形成对朱元璋的夹击之势。但张士诚一心想着"守境观变"，始终按兵不动。

当朱元璋打败陈友谅、挥师进攻张士诚占据的淮东地区时，张士诚才如梦初醒，急派水军前往救援。但此时战机已失，各路兵马节节败退，朱元璋手下的大将徐达很快对苏州城形成合围，张士诚坚守城池，数月不出。可毕竟双方实力悬殊，在徐达的持续猛攻下，苏州城终于被攻破，张士诚自缢而死。

江南首富

在苏州谈起沈万三，几乎是无人不知无人不晓。传说中的江南首富沈万三，富得让朱元璋都担心。

沈万三到底有多富呢？据说他奖励家里请的教书先生，每写成一篇文章，就给二十两白银作为报酬。他在家里酿酒引水，需用田几十顷，如此家产令人吃惊。朱元璋在南京称帝后，要修筑城墙。沈万三出资为朱元璋修造京都三分之一的城墙，还提出要犒赏皇帝的军队，受到朱元璋的猜忌。朱元璋大怒，要杀掉沈万三。幸亏皇后为他求情，才免于死罪。但家产被悉数抄没，沈万三本人被发配云南。首富之家经此打击后，就此没落。

吴门画家　晚明才子

吴门画家

文徵明五十四岁时被推举做了官，但做官不久就发现官场不是自己的追求，于是决定辞官。当时，有个高官想拉拢文徵明，说："我和你父亲是好朋友，我可以帮你升官。"文徵明说："我好像没听我父亲说起过你。"

由于向文徵明求画的人络绎不绝，文徵明又不便推托，有时只好请弟子代笔。文徵明有个得意门生叫朱朗，模仿老师的字画很逼真，就经常帮文徵明分担绘画工作。久而久之，有人知道了其中的秘密，便索性直接找朱朗画"文画"。一次，有个住在苏州的南京人，让小童拿着银子去找朱朗买画。朱朗家恰与文徵明家相邻，小童走错了地方，误入文徵明住的停云馆，将银子放到文徵明面前，说："朱先生，我家主人想请您代作一幅文徵明的画。"文徵明先是一愣，随即明白过来，哈哈大笑，他一边接过礼金，一边弯下腰对童子说："我画真衡山，聊作假子朗。可乎？"这件事情一时传为笑谈。

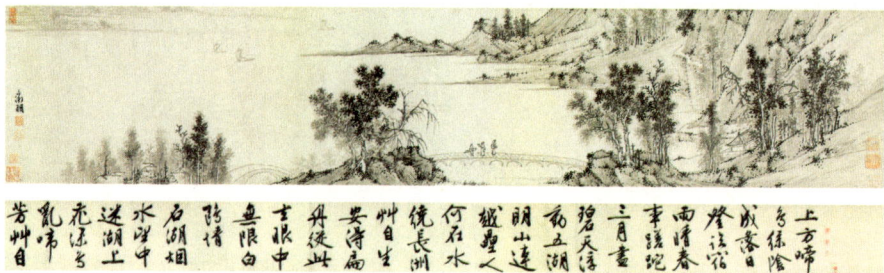

有一次，文徵明正与宾客谈画。有人提着一小竹篮点心，请文徵明鉴定一幅苏轼的字画。文徵明展开条幅，图中画的是一块奇石，上有苏轼诗。文徵明不忍说破，便道："这诗确实是苏轼写的，画面墨色清润，风格也极是雅致。"那人一听是苏轼写的，再三央求文徵明在上面题字。文徵明拗不过他，便提笔落款。那人走后，宾客问道："文先生，此画是真的吗？"文徵明道："我只说那原诗是苏轼写的，画有古风，并没说是苏轼的墨宝。凡买书画者，都是家境殷实的人家。此人贫而卖物，甚至可能等米下锅。若因我说是伪作，卖不出去，一家都可能无以为生啊！我贪图一时之名，害人全家受困，于心何忍？"宾客赞道："先生真是厚道人啊！"

晚明才子

在晚明的苏州，冯梦龙称得上是一个非常成功的畅销书作家。他说天地万物无非一个"情"字，因此他的作品主要是歌颂男女间真挚的爱情。

冯梦龙出生于苏州的一户读书人家。早年的他专注于研习经史，二十岁已是四方延请的饱学之士。但他在科举道路上却极不顺利，自从二十岁左右成为秀才后，再没能取得更高的功名。

晚明是一个标新立异、崇尚个性的时代。冯梦龙将所有的才华和精力都倾注在小说创作上，为后人留下了许多优秀的作品。

明熹宗天启元年（1621年），四十八岁的冯梦龙正在为短篇小说集《喻世明言》撰写前言。他开宗明义地强调，在对世道人心的教化方面，小说不管是在普及广度还是在影响深度上都胜过了《孝经》和《论语》。苏州弹词开篇《杜十娘》讲述的故事，就源自冯梦龙编纂的"三言"。"三言"是《喻世明言》《警世通言》《醒世恒言》的统称，它们连缀起来组成了一幅以城市平民为主角的晚明社会风俗画。

崇祯七年（1634年），冯梦龙受命出任福建寿宁县知县。在寿宁，他一面简政轻赋，想方设法减轻百姓的负担；一面大力倡导教育，拿出自己的俸禄重建学校，并亲自授课。他还是一位判案能手，他写的判词很有文采，有时甚至会写成一首通俗易懂的诗歌。

青天况钟　状元之邦

青天况钟

　　著名昆曲《十五贯》讲的是一位苏州知府，为官清正、善于断案的故事。肉商尤葫芦借来本金十五贯，深夜醉归。有一个名叫娄阿鼠的赌徒，图财害命，杀死尤葫芦，并嫁祸给尤葫芦的养女苏戌娟。无锡知县在审理此案时，只看表面现象，轻率地把苏戌娟当成凶犯，将其屈打成招，判为死罪，呈报刑部审批。

　　苏州知府奉命监斩，但他发现案子有疑点。因此，他乔装打扮，亲自到案发现场勘查，明察暗访，终于了解到该案实情，予以重审，让真正的凶手得到惩罚，平反了一起冤案。故事中的这位苏州知府就是况钟。

　　况钟刚到苏州知府任上，故意装作对很多事情不清楚，问这问那，向人请教哪些事可做、哪些事不可做。手下的小吏们见状十分高兴，以为又来了一位昏聩（kuì）的长官。过了三天，况钟召集府中全体吏员，当场责问："前几天，有些事是应该做的，你们阻止我做；有些事是不该做的，你们强令我去做。你们这些人长期营私舞弊，罪当死。"

当即将其中几名罪大恶极的吏员处死，把吏员中贪婪暴虐和平庸无为之辈清除出去。全府上下为之大震，从此以后，吏员们再也不敢不奉公守法了。

况钟刚正廉洁，勤政爱民，赢得了苏州百姓的爱戴，被誉为"况青天"。上任一年内，况钟就审问了一千五百多名在押犯人，一举清理了此前积下的所有疑难案件。

况钟平日的饮食只是一荤一素，即使是与亲朋好友相聚，也仅薄酒数杯。苏州百姓在况钟贤能的治理下减赋增收，但况钟治苏十三年，自己和家人从未置办任何田产。

后人在评价况钟的时候，最津津乐道的是他"三离三留"的故事。每三年任满，苏州百姓都要竭力挽留他。当九年任满的况钟即将前往京师时，苏州一府七县的百姓又一次为他践行，相送者绵延数百里不绝。皇帝也被民意感动，答应让况钟继续留任。况钟最后积劳成疾，卒于任所，享年六十岁。

状元之邦

"苏州出状元"之说，在民间流传已久。传说苏州人汪琬有一回和同僚聊天，各自夸耀家乡的特产。别人都滔滔不绝，笑声不断，唯有汪琬一声不吭。众人起哄道："苏州自称名城，你是苏州人，哪有说不出苏州特产的？"汪琬说："苏州特产有两样。一是梨园戏子。"众人都觉得有理，忙催问还有一样是什么。汪琬顿了顿，说："状元。"众人瞠目结舌。汪琬把戏园和状元都说成是苏州的特产，虽说是一种幽默，但确实有一定的事实依据。

从隋朝开科取士到清末废除科举的一千三百年间，全国大约

共出文武状元八百名，其中文状元五百九十六名，武状元一百一十五名。其间，苏州共出文状元四十六名，武状元五名。清代二百六十多年的科举考试中，全国共出状元一百一十四名，江苏出了四十九名，苏州府出了二十六名，"状元之乡"名副其实。今天的钮家巷3号是新建的苏州状元博物馆。在状元之乡设立状元博物馆，对传承文化具有重要的意义。

苏州有不少以"状元"命名的食品，有一种酒叫"状元红"，旧时文人科考之前，必喝此酒，冀（jì）望好运。关于这一习俗，民间有一段传说。据说清代同治年间，苏州出了个状元，名叫陆润庠（xiáng）。陆润庠原先家境贫寒，但年轻有志，平时喜欢喝绍兴黄酒。由于他没有钱，常在一家酒铺赊（shē）账。酒铺老板欣赏他的为人，在他赴京赶考前还借钱给他。陆润庠金榜题名后，衣锦还乡，设宴答谢过去帮助过他的人，其中也有这个酒铺老板。酒席上喝的还是绍兴黄酒，大伙儿说："状元公喝了黄酒中状元，这黄酒也红啦，就叫状元红吧！"从此，状元红名扬姑苏。

第二章　苏州印象

君到姑苏见，人家尽枕河。

古宫闲地少，水巷小桥多。

　　"上有天堂，下有苏杭。"古城苏州，名闻遐迩，存在于多少人的梦中。本章选文多写游苏的"初体验"。周作人的《苏州的回忆》，着眼于苏州的生活文化；顾自珍的《苏州印象》，展现了水乡特有的风韵；徐志摩的《苏州的联想》，以诗人的眼光和笔调，对姑苏城倍加礼赞。

扫码立领
★ 名师朗读
★ 美文微课
★ 城市印象
★ 老城记忆

枫桥夜泊

◎［唐］张 继

月落乌啼霜满天，江枫①渔火对愁眠②。
姑苏③城外寒山寺④，夜半钟声到客船。

作者简介

张继（约715年—约779年），字懿孙，襄州人（今湖北襄阳人）。唐代诗人。他的生平不甚可知，仅知他是天宝十二年（753年）的进士。他的诗爽朗激越，不事雕琢，比兴幽深，事理双切，对后世颇有影响。

注释

①江枫：一般解释作"江边枫树"。江指吴淞江，源自太湖，流经上海，汇入长江，俗称苏州河。
②对愁眠：伴愁眠之意。此句把江枫和渔火二词拟人化。
③姑苏：苏州的别称，因城西南有姑苏山而得名。
④寒山寺：始建于南朝梁代。相传因唐代僧人寒山曾住此而得名。

读与思

《枫桥夜泊》描述了诗人乘坐客船、夜泊在枫桥时的所见所感，表达了诗人独自羁旅异乡、无法入眠的孤寂与淡淡的忧愁之情。对于这首意境深远的小诗，你有什么体会？

题破山寺①后禅院

◎［唐］常 建

清晨入古寺，初日②照高林。

曲径通幽处，禅房③花木深。

山光悦④鸟性，潭影⑤空⑥人心。

万籁⑦此都⑧寂，但余⑨钟磬⑩音。

作者简介

常建（708年—765年），唐代诗人，字少府。开元十五年（727年）与王昌龄同榜进士。仕途不得意，来往山水名胜，长期过着漫游生活。天宝年间，曾任盱眙尉。

注释

①破山寺：即兴福寺，在今江苏省苏州市常熟市西北虞山上。南朝齐邑人郴州刺史倪德光舍宅所建。

②初日：早上的太阳。

③禅房：僧人居住修行的地方。

④悦：此处为使动用法，使……高兴。

⑤潭影：清澈潭水中的倒影。

⑥空：此处为使动用法，使……空。

⑦万籁（lài）：各种声音。

⑧都：一作"俱"。

⑨但余：只留下。一作"惟余"，又作"唯闻"。

⑩钟磬（qìng）：佛寺中召集众僧的打击乐器。磬，古代用玉或金属制成的曲尺形的打击乐器。

读与思

　　这首诗题咏的是佛寺禅院，抒发的是作者忘却世俗、寄情山水的隐逸胸怀。诗人在清晨登山，入兴福寺。旭日初升，光照山上树林。诗人穿过寺中竹丛小径，走到幽深的后院，发现禅房就在后院花丛竹林深处。这样幽静的环境，使诗人惊叹、陶醉，忘情地欣赏起来。他举目望见寺后的青山焕发着光彩，看见鸟儿自由自在地飞鸣欢唱；走到清澈的水潭旁，只见天地和自己的身影在水中湛然空明，心中的杂念顿时涤除。请你细读这首诗，从字句间仔细感受诗人向往自然的悠然心境。

苏　州

◎莫子方

从上海到苏州，搭快车至多不过两小时就到；便是从南京来，也只需四五个小时。此外至江浙两省各地，还有长途汽车和内河小轮船，都非常便利迅捷。原来这里山水之胜，民物之富，为江南之冠；"上有天堂，下有苏杭"，只从这句俗语里，也可见一斑了。

我侨寓在南京，忽忽已有四年。这四年中，仆仆京沪道上，乘车过苏州者，何止数十次；每次经过这里的时候，左望城堞，

右瞰虎丘，低徊瞻眺，可惜始终未曾一践其地。今年四月六日，适为旧历清明佳节，又值星期，乃约了三位朋友，做苏州一日之游。虽然时间太匆促，但总算聊以慰相思了。

我们于四月五日搭夜车出发，到苏州的时候，天色刚刚破晓。出站后，便往虎丘进发；因为途径不熟，只认定高耸着的虎丘塔为目标，沿路向人打听，凡十余次，才到虎丘。循小径曲折而上，至生公说法台，有千人石，其大可容数百人；还有听经的顽石也兀然立着。然后又到剑池，池水清清，相传吴王尝试剑于此；旁有摩崖，刻颜真卿所书"虎丘剑池"四大字。乃跨剑池桥上，俯瞰下界，惊岩绝壑，势颇险峻。山巅有寺，建筑虽不怎样宏丽，但景致非常清幽。寺后便是虎丘塔，形式略如竹笋，颇为别致。

下山雇向导至留园及西园，都在阊门外，颇饶泉石楼台之胜。可惜花卉林木太少，里边又乏空旷之地，使人有局促之感。

阊门一带，街市颇繁华；在宴月楼用餐毕，复赴天平山谒范坟。天平山距阊门约二十五里，沿小溪行，每隔几百步有一拱桥，桥以白石筑成，上有雕栏，备极华丽。约两小时而至观音山。山色秀淡，峰峦回伏，有泉涓涓，清洁可爱；这天恰好是清明节，踏青士女，联袂成群，与此秀丽之春山相掩映，愈觉可人。观音山与天平山只有一里多路的距离，两山之间有小径可通，中间叠石成门，算是两山的界线。过石门，但见奇峰矗立，怪石如林，这便是范坟所在的天平山；有人称它为万笏朝天，可谓名实相符。范坟在树林中，为一小阜；坟右有精舍颇多。山上有钵盂泉，泉水甘泠，被称为吴中第一泉。

回至阊门已下午五时余，又进城一游玄妙观，各种玩物杂技，无所不有。骑驴回阊门，晚餐毕，至车站，乘夜车回南京，到南京时天已大亮了。

苏州名胜，尚有邓尉山和玄墓山，未及前往。邓尉山以梅花著名，玄墓山以千年古松为人所知。今年冬末春初，如有暇，当再来一探其胜。

（本文选自《中国游记选》，上海亚细亚书局1934年9月初版。）

读与思

本文作者是受了"上有天堂，下有苏杭"的吸引来到苏州游览，写下了所见、所闻、所感。作者游览了虎丘，对虎丘的印象深刻。读一读文章中写虎丘的段落，想想作者是以怎样的顺序描写的。

苏州的回忆

◎周作人

说是回忆，仿佛是与苏州有很深的关系，至少也总经过十年以上的样子，可是事实上却并不然。民国七八年间坐火车走过苏州，共有四次，都不曾下车，所看见的只是车站内的情形而已。去年四月因事经南京，始得顺便至苏州一游，也只有两天的停留，没有走到多少地方，所以见闻很是有限。当时江苏日报社有郭梦鸥先生以外几位陪着我们走，在那两天的报上随时都有很好的报道，后来郭先生又有一篇文章，登在第三期的《风雨谈》上，此外实在觉得更没有什么可以记录的了。但是，从北京远迢迢地经苏州走一趟，现在也不是容易事，其时又承本地各位先生恳切招待，别转头来走开之后，再不打一声招呼，似乎也有点对不起。现在事已隔年，印象与感想都渐就着落，虽然比较地简单化了，却也可以稍得要领，记一点出来，聊以表示对于苏州的恭敬之意。至于旅人的话，谬误难免，这是要请大家见恕的了。

　　我旅行过的地方很少，有些只根据书上的图像，总之我看见各地方的市街与房屋，常引起一个联想，觉得东方的世界是整个的。譬如中国、日本、朝鲜、琉球各地方的家屋，单就照片上看也罢，便会确凿地感到这里是整个的东亚。我们再看乌鲁木齐、宁古塔、昆明各地方，又同样的感觉这里的中国也是整个的。可是在这整个之中别有其微妙的变化与推移，看起来亦是很有趣味的事。以前我从北京回绍兴去，浦口下车渡过长江，就的确觉得已经到了南边，车抵苏州站，看见月台上、车厢里的人物声色，便又仿佛已入故乡境内，虽然实在还有五六百里的距离。现至通称江浙，有如古时所谓吴越或吴会，本来就是一家，杜荀鹤有几首诗写得很好，其一《送人游吴》云：

　　　　君到姑苏见，人家尽枕河。古宫闲地少，水巷小桥多。夜市卖菱藕，春船载绮罗。遥知未眠月，乡思在渔歌。

又一首《送友游吴越》云：

　　　　去越从吴过，吴疆与越连。有园多种橘，无水不生莲。夜市桥边火，春风寺外船。此中偏重客，君去必经年。

　　诗固然做得好，所写事情也正确实，能写出两地相同的情景。我到苏州第一感觉的也是这一点，其实即是证实我原有的漠然的印象罢了。我们下车后，就被招待游灵岩去，先到木渎在石家饭店吃过中饭。从车站到灵岩，第二天又出城到虎丘，这都是路上风景好，比目的地还有意思，正与游兰亭的人是同一经验。我特别感觉有趣味的，乃是在木渎下了汽车，走过两条街往石家饭店去时，看见那里的小河、小船、石桥、两岸枕河的人家，觉得和绍兴一样，这是江南的寻常景色，在我江东的人看了也同样的亲近，恍如身在故乡了。又在小街上见到一爿（pán）糕店，这在家乡极是平常，但北方绝无这些糕类，好些年前曾在《卖糖》这一篇小文中附带说及，很表现出一种乡愁来，现在却忽然遇见，怎能不感到喜悦呢。只可惜匆匆走过，未及细看这柜台上蒸笼里所放着的是什么糕点，自然更不能够买来尝了。不过就只是这样看了一眼走过了，也已很是愉快，后来不久在城里几处地方，好的糕饼也吃到好些，虽然不是这店里所做，可以算是满意了。

第二天往马医科巷（据说这地名本来是蚂蚁窠巷，后为传讹，并不真是有过马医牛医住在那里），去拜访俞曲园先生的春在堂。南方式的厅堂结构原与北方不同，我在曲园前面的堂屋里徘徊良久之后，再往南去看俞先生著书的两间小屋，那时所见这些过廊、侧门、天井种种，都恍惚是曾经见过似的，又流连了一会儿。我对同行的友人说，平伯有这样好的老屋在此，何必留滞北方，我回去应当劝他南归才对。说的虽是半玩笑的话，我的意思却是完全诚实的，只是没有为平伯打算罢了。那所大房子就是不加修理，只说点灯，装电灯固然了不得，石油没有，植物油又太贵，都无办法，故即欲为点一盏读书灯计，亦自只好仍旧蛰居于北京之古槐书屋矣。我又去拜谒章太炎先生墓，这是在锦帆路章宅的后园里，情形如郭先生文中所记，兹不重述。章宅现由省政府宣传处明处长借住，我们进去稍坐，

是一座洋式的楼房，后
边讲学的地方云为外国
人所占用，尚未能收回，
因此我们也不能进去一
看，殊属遗憾。俞、章
两先生是清末民初的国
学大师，却都别有一种
特色：俞先生以经师而

留心新文学，为新文学运动之先河；章先生以儒家而兼治佛学，
又倡导革命，承先启后，对于中国之学术与政治的改革具有影
响。但是，两先生至晚年却又不约而同地定居苏州，这可以说
是非偶然的偶然。我觉得这里很有意义，也很有意思。俞、章
两先生是浙西人，对于吴地很有情分，也可以算是一小部分的
理由，但其重要的原因还当别有所在。由我看去，南京、上海、
杭州均各有其价值与历史，如若欲求多有文化的空气与环境者，
大约无过苏州了吧。两先生的意思或者看重这一点，也未可定。
现在南京有中央大学，杭州也有浙江大学了，我以为在苏州应
当有一个江苏大学，顺应其环境与空气，特别向人文科学方面
发展，完成两先生之弘业大愿，为东南文化确立其根基，此亦
正是丧乱中之一件要事也。

　　在苏州的两个早晨过得很好，都有好东西吃，虽然这说得
似乎有点俗，但是事实如此。而且谈起苏州，假如不讲到这一点，
我想终不免是一个罅（xià）漏（即遗漏）。若问好东西是什么，
其实我是乡下粗人，只知道是糕饼点心，到口便吞，并不曾细
问种种的名号。我可记得乱吃的很不少，当初江苏日报或是郭

先生的大文里仿佛有着记录。我常这样想，一国的历史与文化传得久远了，在生活上总会留下一点痕迹，或是华丽，或是清淡，却无不是精练的，这并不想要夸耀什么，只是自然应有的表现。我初来北京的时候，因为没有什么好点心，曾经发过牢骚，并非真是这样贪吃，实在也只为觉得它太寒碜，枉做了五百年首都，连一些细点心都做不出，未免丢人罢了。我们第一早晨在吴苑，次日在新亚，所吃的点心都很好，是我在北京所不曾遇见过的，后来又托朋友在采芝斋买些干点心，预备带回去给小孩辈吃。物事不必珍贵，但也很是精练的，这尽够使我满意而且佩服，即此亦可见苏州生活文化之一斑了。这里我特别感觉有趣味的，乃是吴苑茶社所见的情形。茶食精洁，布置简易，没有洋派气味，固已很好，而吃茶的人那么多，有的像是祖母老太太，带领家人妇子，围着方桌，悠悠地享用，看了很有意思。性急的人要说，在战时这种态度行吗？我想，此刻现在，这里的人这么做是并没有什么错的。大抵中国人多受孟子思想的影响，态度不会得一时急变，若是因战时而面粉白糖渐渐不见了，被迫得没有点

心吃，出于被动的事那是可能的。总之在苏州，至少是那时候，见了物资充裕、生活安适，由我们看惯了北方困穷的情形的人看去，实在是值得称赞与美慕。

我在苏州感觉不很适意的也有一件事，这便是住处。据说苏州旅馆绝不容易找，我们承公家的斡旋得能在乐乡饭店住下，已经大可感谢了，可是老实说，实在不大高明。设备如何都没有关系，就只苦于太热闹，那时我听见打牌声，幸而并不在贴隔壁，更幸而没有拉胡琴唱曲的，否则次日往虎丘去时马车也将坐不稳了。就是像沧浪亭的旧房子也好，打扫几间，让不爱热闹的人可以借住，一面也省得去占忙的房间，妨碍人家的娱乐，倒正是一举两得的事吧。

我在苏州只住了两天，离开苏州也已将一年了，但是有些事情还清楚地记得，现在写出几项以为纪念，希望将来还有机缘再去，或者长住些时光，对于吴语文学的发源地更加以观察与认识也。

民国甲申三月八日

（本文选自《苦口甘口》，上海太平书局 1944 年 11 月初版。）

读与思

作者花了不少笔墨写在苏州吃早点的经历，说"即此亦可见苏州生活文化之一斑了"。苏州的"生活文化"有哪些特质？请你试着在文中找一找。

苏州印象

◎顾自珍

　　回家乡后，每遇到闲暇清凉些的早晚时光，总喜欢拉着家人一同出去，不是到远处去，或有要紧事的时候，我是不愿受那洋车颠簸的苦。不单是我个人有这种感觉，许多人也都感觉到走道比坐车方便安适些。最初我走在狭窄的巷中，每时每刻得留神车过和让车的情形，真有嫌脑力太不灵活之感；再加以石子路的不平，多走些路，脚底就会感到麻痛。如果穿皮底鞋，就比较好得多了，这恐怕是异乡人初来此地才有这样的感觉罢？因为当地的车夫、男女仆役和做买卖的小贩们都赤着脚在地面

上走，很坦然的一点也不觉痛苦似的。在苏州的街道除了洋车外，只有少数的自行车。不消说，在这样狭窄而热闹的街道上骑自行车，是很危险的。电车、汽车不必说是绝迹的，就是马车也轻易见不着。

观前街是苏城最热闹的中心，等于北平的王府井大街、上海的南京路。观前街路旁有极狭窄的行人道，一切大商店、电影院都建设于这带。沿观前街走去，看见最多的是糖果店，而且门面都很大，无怪人都说苏州人好吃零食。虽然不是每个人都好吃，但有这么多的店铺，在一条街上共同存在着，而且听说生意还不算坏，比较其他一切店铺买卖好，这却是一个铁证。其次则是鞋店、南货店及洋货店等。书店只有商务、世界、中华几个，而且它们的招牌远不如糖食店来得显耀。最初我疑心在这么一条大街上竟会没有书店，因为有几家都在街尾。然而国货公司、青年会电影院等却建筑得很高大富丽，不下于别的都市。在观前街的附近，有一大片空场，名为玄妙观。在那里有许多杂摊，陈列着各色各样的东西。还有一班卖苦力的和走江湖的人在此地表演魔术、拳术一类的游戏，看情形倒有点像北平的天桥，不过没有天桥那么杂乱。

在街巷中还有些特殊的现象，就是有许多小户人家，拿着板凳在自家门口、街巷旁边坐着，做活或是吃饭，尤其在晚间更多，甚或就在街旁铺张席卧躺着，也不足为奇，至于在街上乘凉的人那是多得很呢。（这些都是夏日特有的现象，到了秋冬谁也怕风，不敢过户外的生活了。）因为当地的小户人家，家里差不多全是没有院子的，进门就是正房，在炎夏时没有法子，只好以街为院了。就是有许多大户住宅，有的是一进进的大厅空关着，有的是长的走弄，然而院子也不是很大的。苏州人叫院子为天井，真是很妙而恰当的名称。在傍晚要得点凉风，自是很难，于是也有人以街道为乘凉所的。其实这种狭窄的街道，也享受不到爽心的凉风。当地的公园极少，而且其中有几处是私人的花园，白天可以去玩，晚间当然不能借以乘凉。大公园，可以说只有一个，在那里才见有较多的树木和湖荷，进门不用买票，是附近人乘凉的唯一胜境。普通街巷中都看不到多少树木，实在是无地可种。

住家房屋的狭小密接与上海、南京等地的普通民房倒很相似，在一排排房屋的外面，我们能看到每家都是白的墙壁、黑的大门。只有少数房屋的墙是黑的，庙墙是红的，无怪乎苏州人初到北平来，看见了大红或大绿的门要感到惊异。琉璃瓦的房在苏州也是看不到。闻说苏州在防空演习时，当局下令所有墙壁一律涂黑，这样一来，从外表看来一定是更整齐了。

有人说苏州是水乡，是中国的威尼斯城，是对的。苏州全城的小河流很多，可以行小船到各乡。于是乡间种得的蔬菜瓜果，及煮饭用的稻草之类都是一批一批的借水路运进城来。苏州的桥梁之多，也是别城所罕见的。水乡这名称倒是很恰当，但是这些河流，却不是很清洁。往往在一条河中，刚通过一只粪船，接着就许有人在那里洗衣裳、涮马桶，一边又有人在那里洗米、洗菜。要讲求卫生清洁的话，那岂不无处可去了？邻近河水的住户，谁家肯不利用河水呢？全苏州城根本没有一个自来水厂，有井的人家不感到困难，无井的人家自然只得利用河水了，也管不到河水的清洁或污浊了。当地人的用水，是借助于雨水，因为井水的味道不是很好。蓄积雨水，却成了家家的唯一要务。

每家都备有几只大水缸，有洋铁盖盖着，用洋铁筒通连到屋檐边。下雨时屋瓦上的水流入半圆形的铁筒内，再由圆铁筒流至缸中，水满时可以闭着缸盖，也不至有飞尘虫类侵入，所以夏秋积蓄的雨水，可留到冬日饮用。好在江南的气候温和多雨，不致有冻冰缺水之虑。

（本文节选自顾自珍《苏州印象》，载于《大众知识》第1卷第9期，1935年12月出版。）

读与思

　　本文的作者是苏州人，写到了苏州的出行、街巷、房屋和小河，充满了水乡风味。作者还拿苏州和别的城市进行了对比，请你仔细读一读、品一品这些对比的句段，想想作者为什么要做这样的比较。

苏州的联想

◎徐志摩

　　苏州！谁能想象第二个地名有同样清脆的声音，能唤起同样美丽的联想，除是南欧的威尼斯或翡冷翠，那是远在异邦，要不然我们就得追想到六朝时代的金陵、广陵或许可以仿佛？当然不是杭州，虽则苏杭是常常联着说到的，杭州即使有几分美秀，不幸都教山水给占了去，更不幸就那一点儿也成了问题：你们不听说雷峰塔已经教什么国术大力士给打个粉碎，西湖的一汪水也教大什么会的电灯给照干了吗？不，不是杭州，说到杭州我们不由得觉得舌尖上有些儿发锈。所以只剩了一个苏州准许我们放胆地说出口，放心地拿上手。比是乐器中的笙箫，有的是袅袅的余韵。比是青青的柏子，有的是沁人心脾的留香。在这里，不比别的地处，人与地是相对无愧的，是交相辉映的；寒山寺的钟声与吴侬的软语一般的令人神往；虎丘的衰草与玄妙观的香烟同样的勾人留恋。

（本文节选自《关于女子——苏州女中讲稿》，原载于1929 年 10 月 10 日《新月》第 2 卷第 8 期。）

读与思

这是诗人徐志摩在苏州女中的一段演讲，对苏州极尽赞美之词。读了这一章的前几篇文章，再来看徐志摩对苏州的夸奖：

比是乐器中的笙箫，有的是袅袅的余韵。比是青青的柏子，有的是沁人心脾的留香。在这里，不比别的地处，人与地是相对无愧的，是交相辉映的；寒山寺的钟声与吴侬的软语一般的令人神往；虎丘的衰草与玄妙观的香烟同样的勾人留恋。

你能从本章的其他文章中找到印证吗？

群文探究

1. 在本组文章中，一些地名出镜率很高，如观前街、寒山寺、拙政园、狮子林……把写到同一个地方的文字挑出来，放在一起读一读，体会其中的异同。

2. 我们除了关注作家们笔下的名胜古迹，还应该留意他们写到的苏州市井生活，如苏州的城市环境、住宅、交通，苏州人的饮食、休闲、娱乐方式等。找一找文中描写苏州市井生活的段落，总结一下苏州市井生活的特点。

3. 臧克家和徐志摩都是诗人，他们写苏州时有些表达充满诗情画意。阅读下面臧克家与徐志摩描写苏州的文字，体会作者的写作手法，试着自己写一写。如臧克家写狮子林：

> 地方并不大，风景却很可观。每一块石头，像一只狮子。红梅像桃花，白梅像梨花。小径盘曲，石洞幽邃，咫尺可以成天涯，对面可以不见人，石舫坐在湖心，可惜湖水欠澄清，嫩柳垂条千缕，要把游人系住。

如徐志摩写寒山寺和虎丘：

> 寒山寺的钟声与吴侬的软语一般的令人神往；虎丘的衰草与玄妙观的香烟同样的勾人留恋。

本组文章中还有没有类似让人着迷的句子，摘抄下来，收入你的"习作资源库"吧！

第三章　白发苏州

山泽多藏育，土风清且嘉。

　　苏州的园林街巷，苏州的风土人情，无不折射出这座古城的历史、文化风貌。

　　郑振铎的《黄昏的观前街》、曹聚仁的《逛观前》，展现出了同一条街的不同侧面；张岱的《葑门荷宕》，书写出姑苏繁华；陈从周的《庭院深深深几许——留园》，以一个园林学家的视角，解锁苏州园林的密码；纪庸的《狮子林》，对享誉海内的狮林假山，做出了不一样的解读。

扫码立领
★ 名师朗读
★ 美文微课
★ 城市印象
★ 老城记忆

水陆繁迥

黄昏的观前街

◎郑振铎

　　我的太太是最厌恶苏州的，她说舒舒服服地坐在车上，走不几步，却又要下车过桥了。我也未见得十分喜欢苏州：一来是，走了几趟都买不到什么好书；二来是，住在阊门外，太像上海，而又没有上海的繁华。但这一次，我因为要换换花样，拖他们住到城里去。不料竟因此而得到了一次永远不曾领略到的苏州景色。

　　我们跑了几家书铺，天色已经渐渐黑下来了，樊说："我们找一个地方吃饭吧。"饭馆里是那么样的拥挤，走了两三家，才得到了一张空桌。街上已上了灯。楼窗的外面，行人也是那么样的拥挤。没有一盏灯光不照到几堆子人的，影子也不落在地上，而落在人的身上。我不禁想起了某一个大城市的荒凉情景，说道："这才可算是一个都市！"

　　这条街是苏州城中心繁华的观前街。玄妙观是到过苏州的人没有一个不熟悉的；那么粗俗的一个所在，未必有胜于北平的隆福寺、南京的夫子庙、扬州的教场。观前街也是到过苏州的人没有一个不曾经过的；那么狭小的一道街，三个人并列走着，便可以不让旁的人走，再加之以没头苍蝇似的乱攒而前的人力车，或箩或桶的一担担的水与蔬菜，混合成了一个道地的中国式的小城市的拥挤与纷乱无秩序的情形。

　　然而，这一个黄昏时候的观前街，却与白昼大殊。我们在这条街上舒适地散着步，男人、女人、小孩子、老年人，摩肩接踵而过，却不喧哗，也不推拥；我所得的苏州印象，这一次可说是最好。——从前不曾于黄昏时候在观前街散步过。半里多长的一条古式的石板街道，半部车子也没有，你可以安安稳稳地在街心蹱方步。灯光耀耀煌煌的，铜的、布的、黑漆金字的市招，密簇簇地排列在你的头上，一举手便可触到几块。茶食店里的玻璃匣，亮晶晶的在繁灯之下发光，照得匣内的茶食通明地映入行人眼里，似欲伸手招致他们去买几色苏制的糖食带回去。你在那里，走着，走着，你如走在一所游艺园中。如在暮春三月，迎神赛会的当儿，挤在人群里，跟着他们跑，兴奋而感到浓趣。你如在你的少小时，大人们在做寿，或娶亲，地上铺着花毯，天上张着锦幔，长随打杂老妈丫头，客人的孩子们，全都穿戴着崭新的衣帽，穿梭似的进进出出，而你在其间，随意地玩耍，随意地奔跑。你白天觉得这条街狭小，在这时，你才觉得这条街狭小得妙。她将你紧压住了，如夜间将自己的手放在心头，做了很刺激的梦；他将你紧紧地拥抱住了，如爱人的一个热情的拥抱；她将所有的宝藏、所有的繁华、所有的可引动人的东西，都陈列在你的面前，即在你的眼下，相去不到三尺左右，而别用一种黄昏的灯纱笼罩了起来，使他们更显得隐约而动情，如一位对窗里面的美人，如一位躲于绿帘后的少女。她假如也像别的都市巷道那样的开朗阔大，那么，便将永远感受不到这种亲切的繁华的况味，你便将永远受不到这种紧紧地轧压于你的全身、你的全心的燠（yù）暖而温馥（fù）的情趣了。你平常觉得这条街闲人太多，过于拥挤，在这时却正显得人多的好处。你看人，人也看你；你的左边是一位身穿时装的小姐，你的右边是几位随了丈夫、父亲上城的乡姑，你的前面是一两位步履维艰的地道的苏州老人，一两位尖帽薄履的苏式少年，你偶然回过头来，你的眼光却正碰在一位光彩射人、衣饰华丽的少奶奶的身上。你的团团转转都是人，都是无关系的无关心的、最驯良的人；你可以舒舒适适地踱着方步，一点也不用担心什么。这里没有乘机的偷盗，没有诱人入魔窟的"指导者"，也没有什么风驰电掣、左冲右撞的一切车子。每一个人都是那么安闲地散步着；川流不息地在走，摩肩接踵地在走，他们永不会猛撞在你身上而过。他们是走得那么安闲，那么小心。你假如偶然过于大意地撞了人，或踏了人的足——那是极不经见的事！他们抬眼望了你，你对他们点点头，表示歉意，也就算了。大家都感到一种的亲切，一种的无损害，一种的无忧无虑的生活；大家都似躲在一个乐园中，在明月之下、绿林之间，悠闲地微步着，忘记了园外的一切。

那么鳞鳞比比的店房，那么密密接接的市招，那么耀耀煌煌的灯光，那么狭狭小小的街道，竟使你抬起头来，看不见明月，看不见星光，看不见一丝一毫的黑暗的夜天。她使你不知道黑暗，她使你忘记了这是夜间。啊，这样的一个"不夜之城"！

（本文节选自郑振铎《黄昏的观前街》，有删减，收入《郑振铎文集》第二卷，人民文学出版社1963年3月初版。）

读与思

文章开头说："不料竟因此而得到了一次永远不曾领略到的苏州景色。"这里的"苏州景色"指的是什么？

作者的视角很独特，选取了"黄昏"这一特定时段，细致展现了观前街形形色色的游客行人。你从作者的描写中，能感受到苏州人身上具有哪些特点？

逛观前

◎曹聚仁

苏州风光，第一件大事，就是上观前街，进吴苑吃茶。观前，有如北京的东安市场、南京的夫子庙、上海的城隍庙，也是百货大市场；玄妙观只是一景，假使真有白娘娘，她定会和许仙到那儿去烧香的。那儿有许多吃食店，豆浆、粽子摊；老少妇孺，各得其所。我们上街溜达，不知不觉到观前。当年苏州的好处，没有马路，不通汽车，安步可以当车。街上的人都似曾相识，不必点头。进吴苑喝茶也是常事，吴苑是一处园林式的茶店，一排排都是平房。那粗笨的木椅方桌，和大排档的风格差不了多少。可见挤在那儿喝喝茶谈谈天以消长日，也成为生活的一种方式。吴苑的东边有家酒店——卖酒的店，叫"王宝和"，他们的酒可真不错，和绍兴酒店的柜台酒又不相同，店中只是卖酒，不带酒菜，

连花生米、卤豆腐干都不备。可是，家常酒菜贩子，以少妇少女为多，各家卖各家的；卤品以外，如粉蒸肉、烧鸡、熏鱼、烧鹅、酱鸭，各有各的口味。酒客各样切一碟，摆满了一桌，吃得津津有味。这便是生活的情趣。

吃了，喝了，于是进光裕社一小型的书场去听书，也是晚间最愉快的节目。即如杨乃珍的评弹，都是开篇式的小品，也有长篇故事传奇式的弹词，即如《珍珠塔》，就是连续弹唱经月才完场的，《七十二个他》也可唱上一星期的。至于评话大书，无论《三国》《水浒》，都可以说上一年半载，才终卷的。

我在苏州住的两年间，颇安于苏州式生活享受，因此，苏式点心也闯入我的生活单子中来。直到今日，我还是不惯喝洋茶、吃广东点心的。

（本文节选自曹聚仁《吴侬软语说苏州》，收入《万里行记》，香港三育图书有限公司 1980 年 8 月初版。）

读与思

作者介绍了观前街上的茶馆、酒店和书场，说自己在苏州住的两年间，"颇安于苏州式生活享受"。看了这么多作家笔下的苏州，你觉得"苏州式生活"有哪些特点？

葑门荷宕

◎ [明] 张　岱

天启壬戌①六月二十四日，偶至苏州，见士女倾城而出，毕集于葑门外之荷花宕。楼船画舫至鱼艑小艇，雇觅一空。远方游客，有持数万钱无所得舟，蚁旋岸上者②。余移舟往观，一无所见。

宕中以大船为经，小船为纬，游冶子弟，轻舟鼓吹，往来如梭。舟中丽人皆倩妆淡服，摩肩簇舄③，汗透重纱。舟楫之胜以挤，鼓吹之胜以集，男女之胜以溷(hùn)，歊暑燀烁④，靡沸终日而已。荷花宕经岁无人迹，是日，士女以鞋鞴不至为耻。

袁石公曰："其男女之杂，灿烂之景，不可名状。大约露帏则千花竞笑，举袂则乱云出峡，挥扇则星流月映，闻歌则雷辊涛趋。"⑤盖恨虎丘中秋夜之模糊躲闪，特至是日而明白昭著之也。

（本文选自《陶庵梦记》。）

📧 **作者简介**

　　张岱（1597年—1689年），一名维城，字宗子，又字石公，号陶庵、陶庵老人、蝶庵、古剑老人、古剑陶庵、古剑陶庵老人、古剑蝶庵老人，晚年号六休居士，浙江山阴（今浙江绍兴）人，祖籍四川绵竹（故自称"蜀人"），明清之际史学家、文学家。其最擅长散文，著有《琅嬛文集》《陶庵梦忆》《西湖梦寻》《三不朽图赞》《夜航船》等。

注释

①天启壬戌：天启二年（1622 年）。

②"楼船画舫……蚁旋岸上者"，系化用袁宏道《荷花荡》中句子。

③舄（xì）：加木底的鞋。泛指鞋。

④歊（xiāo）暑燂（tán）烁：炎热的暑天像烧得滚烫的菜粥。歊，炙热。

⑤"袁石公"句，见《袁中郎全集·荷花荡》。石公，袁宏道的号。

读与思

　　六月二十四日去荠门荷宕（今黄天荡）赏荷，不知始于何时，是《溱洧》中郑风士女聚会流风之所被，还是六朝采莲风俗的残留，或者是晚明市民意识高涨的结果呢？张岱曾经读过袁宏道写荠门赏荷的文章，此时正好身在苏州，就加入了这一场盛大的聚会。

　　张岱对这个中国古代的水上"狂欢节"做了生动的描写，男性青年的轻狂、卖弄劲儿，女性青年的故作凝重的神态，都跃然纸上。袁宏道写的荠门赏荷的文章，介绍得比较笼统，让张岱"恨虎丘中秋夜之模糊躲闪"，直到他亲历了这一盛会，才觉得"明白昭著"。你读了张岱的这篇文章，对明代苏州的"荠门荷宕"留下了怎样的印象？

庭院深深深几许
——留园

◎陈从周

"小廊回合曲阑斜""庭院深深深几许"，这些唐宋诗人的词句，描绘了中国庭院建筑之美。

苏州留园与拙政园一样，皆初建于明代，亦同样经过后人重修。其中部分假山，出自明代叠山匠师周秉忠之手。留园又名寒碧山庄，因为清刘蓉峰（清代嘉庆年间的园林学家，为苏州留园的重要修整人之一）重整此园时，多植白皮松，使园内更显清俊，故以"寒碧"二字名之。刘氏好石，列十二峰宠其园，如冠云一峰，即驰誉至今。

进入留园，那狭长的进口，时暗时明，几经转折，始现花墙当面，仅见漏窗中隐现池石；及转身至明瑟楼，方见水石横陈，花木环覆，不觉此身已置画中矣。恰似白居易"千呼万唤始出来，犹抱琵琶半遮面"的诗意。

此园之中部，有山环水，曲溪楼居其东，粉墙花槙，倒影历历，可亭踞北山之巅，闻木樨香轩与曲溪楼相对，但又隐于石间，藏而不露。游廊环园，起伏高低，止于池南。涵碧山房，荷花厅也。其西北小桥，架三层，各因地势形成立体交通。临水跨谷，各具功能，又各饶情趣。于数丈之地得之，巧于安排也。翘首西望，远眺枫林若醉，倾人池中，红泛碧波，引人遐想，得借景之妙。

园之东部多院落，楼堂错落，廊庑回缭，峰石水池，间列其前，游人至此，莫知所至。揖峰轩、五峰仙馆、林泉耆硕之馆、冠云楼等参差组合，各自成区，而又互通消息，实中寓虚，其运用墙之分隔，窗之空透，使变化多端，而风清月朗，花影栏杆，良宵更为宜人。

中部之水，东部之屋，西部之山，各有主体，各具特征，而皆有节奏韵律，人能得之者变化而已。而"园必隔，水必曲"之理，于此园最能体现。

（本文节选自陈从周《中国园林散记》，收入《世缘集》，同济大学出版社1993年版。）

读与思

《中国园林散记》分九节，其中第一节《园日涉以成趣》是导论，从中国园林的特点、构园的原则，谈到如何欣赏园林，称得上是一份具体而微的园林美学著述。其余各节除介绍北京颐和园、承德避暑山庄、潍坊十笏园和扬州园林以外，还介绍了苏州的四个名园：拙政园、网师园、留园和环秀山庄。

《庭院深深深几许》是介绍留园的，紧紧扣住了园之曲之深来写。对留园入口的曲折的描写，笔致细密，一下子写出园的曲与幽的特点来。后面对中部水面和傍水建筑的描写、东部院落的描写，都着眼于揭示其节奏韵律，用笔凝练。

本书收录的很多文章都写到了留园。作为园林专家的陈从周，他的写法有什么特点？

狮子林

◎纪 庸

狮子林是拙政园的比邻，在几十步的距离内，有这么两个名园，足见吴中园亭之盛了。园以狮子为名，难免使人感到奇怪。佛经里说，说法使人通悟，叫作"狮子吼"，这里山石的奇形怪状，有如狮子云云。我想这名字总不是"切合实际"的，何况石头也实在看不出像狮子。

说真的，我觉得苏州各园林的山石堆得最不好的要算这里，因为它使人感到拥挤，不是太少而是太多。我的癖好是"山不在高，水不在深"，石头也不必以多为胜。尽管那山洞很是曲折，小孩子捉迷藏当然有趣，成年人恐怕不见得怎么样。曲折是一种美，但必须曲得使人看不出，那是真曲。本来一览无余，相隔咫尺，而钻起山洞来却偏偏左盘右旋，至少对于我这样喜欢直来直去的人不合适。而且像以四面皆石著称的卧云室，也弄得四面不太透气，会使人有点儿不耐烦。我很欣赏苏州坎坷文人沈三白的话："狮子林虽曰云林手笔……然以大势观之，竟同乱堆煤渣……全无山林气势。"（《浮生六记·浪游记快》）不过，请你原谅，这完全是"我"的感觉，未必与你的见解相合。或者，我根本没有钻过"石林"的洞，缺少实践的知识，说得过分主观。我只要求肯定一点，就是不要把这样石头的堆砌全加在大画家倪云林身上（按照一般传说，云林是本园的重要设计者，园子是在元朝筑成的），倪云林的山水画是何等简古淡泊，怎么会堆垒出这么琐碎的山子来呢？现在这个园子里的"立雪轩"附近壁上，还有一幅云林小景刻石，您看看，那种荒旷境界，是多么和这个园林的堆砌气相对立呀。

这且不谈。这园子的好处我也别有会心。我所爱的是指柏轩这个厅堂，幽静、深邃。那右面的一片青翠得像要滴下水来的竹子是多么值得流连，设想在盛夏的天气，在绿色的浓荫下，睡那么一觉或是吃上两杯龙井茶，真是不易获得的享受。恐怕在附近的真趣亭和荷花厅赏荷花，也未见得有这样的静趣。

暗香疏影楼也是一个值得喜爱的地方，妙在从楼上就可走向假山上的走廊，是楼又不是楼，这确是一点匠心。近处三五株梅花，若是初春，当可体会姜白石这两句词意。然而，要叫我冥坐沉思，得到工作以后的真正休息，我还宁愿在"古五松园"这偏僻的一角。明清以来的五棵松树都随着沧桑变化消失了，只有陈中凡先生寄赠的一幅李复堂《五松图》在点缀着历史上的名字。可是对面那株古柏确是"老干参天，霜皮溜雨"，不由得使你想到那图画的年代、松树的年代，乃至园子、山石的年代。

（本文节选自纪庸《记苏州的园林》，载于《雨花》1957年第1期。）

读与思

作者认为苏州各园林的山石，堆得最不好的是狮子林。请你仔细读一读这篇文章，想一想他为什么这么说。

群文探究

1. 郑振铎的《黄昏的观前街》和曹聚仁的《逛观前》，写的都是观前街。郑振铎重点写"繁华"，曹聚仁重点写"生活的情趣"，这两者矛盾吗？为什么？

2. 陈从周在《庭院深深深几许——留园》中说：

　　进入留园，那狭长的进口，时暗时明，几经转折，始现花墙当面，仅见漏窗中隐现池石；及转身至明瑟楼，方见水石横陈，花木环覆，不觉此身已置画中矣。恰似白居易"千呼万唤始出来，犹抱琵琶半遮面"的诗意。

纪庸在《狮子林》中说：

　　尽管那山洞很是曲折，小孩子捉迷藏当然有趣，成年人恐怕不见得怎么样。曲折是一种美，但必须曲得使人看不出，那是真曲。本来一览无余，相隔咫尺，而钻起山洞来却偏偏左盘右旋，至少对于我这样喜欢直来直去的人不合适。而且像以四面皆石著称的卧云室，也弄得四面不太透气，会使人有点儿不耐烦。

同样是描写苏州园林回环曲折的廊道空间，陈从周和纪庸的心境却截然不同，请你结合文章想一想，这是为什么呢。

3. 曹聚仁在《逛观前》中说：

　　我在苏州住的两年间，颇安于苏州式生活享受，因此，苏式点心也闯入我的生活单子中来。直到今日，我还是不惯

喝洋茶、吃广东点心的。

谢国桢在《逛观前》中借友人之口说：

苏州这个地方，是很安适的，可惜是一个不长进的地方。人们到了这个地方，安居乐业，就不想动了，所以苏州人在外面的很少，像顾颉刚先生这样好著书、好活动，实在是个例外。现在有好些在野的军阀政客，因为这里生活又便宜，又安逸，都跑到苏州来做寓公，享着他们安逸的日子。

余秋雨在《白发苏州》中说：

吴越战争以降，苏州一直没有发出太大的音响。千年易过，直到明代，苏州突然变得坚挺起来。对于遥远京城的腐败统治，竟然是苏州人反抗得最为厉害。先是苏州织工大暴动，再是东林党人反对魏忠贤，朝廷特务在苏州逮捕东林党人时，遭到苏州全城的反对。柔婉的苏州人这次是提着脑袋、踏着血泊冲击。冲击的对象，是皇帝最信任的"九千岁"。"九千岁"的事情，最后由朝廷主子的自然更替解决，正当朝野上下齐向京城欢呼谢恩的时候，苏州人只把五位抗争时被杀的普通市民，立了墓碑，葬在虎丘山脚下，让他们安享山色和夕阳。

这次浩荡突发，使整整一部中国史都对苏州人另眼相看。这座古城怎么啦？脾性一发让人再也认不出来，说他们含而不露，说他们忠奸分明，说他们报效朝廷，苏州人只笑一笑，又去过原先的日子。园林依然这样纤巧，桃花依然这样灿烂。

曹聚仁说："我在苏州住的两年间，颇安于苏州式生活享受。"谢国桢说："苏州这个地方，是很安适的，可惜是一个不长进的地方。"余秋雨说："苏州突然变得坚挺起来。"你如何看待苏州的"不长进"和"坚挺"，结合文章具体谈一谈。

第四章　吴门雅游

居然自可小天下，谁道吴中无泰山？

苏州城郊风光如画，名胜众多，历代文人慕名而来，留下了许多优美篇章。

邹斑的《吴门雅游篇》，洋溢着文人的悠闲情趣；河满子的《木渎灵岩之游》，写风景，谈历史，引人入胜；张恨水的《虎丘》，文字短小，才华横溢；张中行的《枫桥和寒山寺》，如一幅风景速写，小巧别致；郑逸梅的《天平之游》、周瘦鹃的《天平秋色》，仿佛让天平山立在我们眼前；李流芳的《〈江南卧游册〉题词》，是浅显的文言文，江南的烟景在他的笔下如梦似幻。

扫码立领
★ 名师朗读
★ 美文微课
★ 城市印象
★ 老城记忆

水陆萦迥

送人游吴

◎［唐］杜荀鹤

君到姑苏见，人家尽枕河①。

古宫②闲地少，水巷小桥多。

夜市卖菱藕，春船载绮罗③。

遥知未眠月，乡思在渔歌。

注释

①枕河：临河。枕：临近。

②古宫：即古都，此处指代姑苏。

③绮罗：指华贵的丝织品或丝绸衣服。此处是贵妇、美女的代称。

读与思

　　这首送别诗通过想象描绘了吴地秀美的风光，仅在结尾处轻轻点出送别之意。唐代的苏州又称吴郡，这里是富庶的鱼米之乡，丝织品闻名全国，还有不少名胜古迹。作者抓住这些特点，便把这个典型的江南水乡城市刻画出来了。作者对它熟悉而又有感情，所以我们读来亲切有味。请你根据这首诗的描绘，说出苏州的特点。

吴门雅游篇

◎邹　斑

灵岩寺看舍利子

说起山就要带到寺院。灵岩寺是一个大丛林，和尚倒还算不俗。印光法师的舍利子（在佛教中，僧人火化后，所产生的结晶体，称为舍利子）就保存在寺内静室。如果在上海，也许和尚就唯恐游客不去赏光，一定要大吹大擂，到处宣传，顺带募捐了，但灵岩寺的和尚却有些讳莫如深的样子，力避好奇的游客，这就有些难能可贵。

山门前有许多卖小木碗、小木磨子的摊子，小木碗的口径不过半寸，却磨得光滑非凡，北平人所谓"滑不留几"的，摸上去简直像是漆过了的。这些小东西价格极廉，买了毫无用处——也正因为毫无用处，所以很好玩。

灵岩寺的茶颇好，但尚比不上天平。

多谢石家鲃肺汤

如说西湖是美人，则灵岩是儒生，天平是隐士。

灵岩游倦之后，你应该回到停在山麓（lù）的小船里吃中饭了。如果时间充裕，那么木渎的石家饭店是不该忽略过去的。从山麓到石家饭店，不过十分钟步行的路程。你也许早听说过于右任老先生"多谢石家鲃肺汤"的诗句罢——就是这个地方。

石家饭店的鲃肺汤固然好，然而他们的拿手菜却正是多得很，如豆腐羹、腐乳肉、虾仁、雪笋……可谓美不胜收，那微带浅绿色的竹叶青更是芳香醇冽，好到极处。不过，你还是少喝一点的好，因为你还要到天平。

天平山颇有奇趣

天平颇有奇趣，天平之"奇"，又与滇越路上所见的横断山脉那种雄奇不同。云南的山使你想起庄子或者楚辞，是那么郁郁苍苍，山上是云，云上又是山，巍巍乎不知纪极；天平却是清秀中别具幽致，一转一折，莫不令人有柳暗花明之感。云南的山叫你景行行止，天平却叫你流连忘返。

天平的泉水好，不要辜负了他们的好茶！定一定神，你可以曲曲弯弯地上山去了。这里有西施的古迹，有幽囚勾践的石室，山腰有构筑甚奇的精舍。天平是会叫你想起石谷（即王石谷，清代画家）的山水的。

"万笏（笏：古代大臣上朝拿着的手板，用玉、象牙或竹片制成，上面可以记事）朝天"和"一线天"都是天平的胜迹。"万笏朝天"是许多奇石，如拱卫山头——但是比之云南的石林，又觉得差了。"一线天"是一条窄窄的山径，在天平之巅，颇有险峻之意，其实并不危险，大胖子也还是可以安然通行。照我的看法，却觉得与其自己去跋涉登临，累得一身是汗，不如坐在"一线天"麓平平的山石上看人家冉冉而上，倒颇为美丽。

你下天平的时候，该已是暮鸦归树的时候了，可千万不要忙，你千万先再看一看簇拥在绚烂的云彩中的群山！这幅画图，你是不能轻易放过的。

坐小船最好。欸乃声中，群山渐渐退后了，天色渐渐黑下来，一座座桥旁渐见橙黄的灯光。这时，你自然就慢慢在船舱里举起了酒杯。

（本文系节选，原载《旅行杂志》第 21 卷第 3 期，1947 年 3 月出版。）

读与思

作者邹斑，名不见经传，但文章写得很有味道。他以漫谈的笔法、诙谐的笔调，写了青葱灵秀的灵岩山、美味可口的石家鲃肺汤、颇有奇趣的天平山……吴门之雅，在他笔下徐徐展开，令读者不禁为之神往。

在邹斑看来，天平山"奇"在哪里？又"趣"在哪里？

木渎灵岩之游

◎何满子

苏州当时有马车载客。我以为郊游的交通工具，以马车为最理想。汽车太快，想浏览一下沿途的风光，没看清就疾驰而过了。马车则悠徐容与，视界也比关在轿车里宽广，再加上蹄声得得，仿佛就有那么点郊游的味道了。

游灵岩山先在木渎吃中饭。木渎虽是小镇，但我在少年时就已对它留有很深印象。印象得之于一本叫作《滑稽诗话》的小书，书中说有几个三家村的冬烘先生（指迂腐浅陋的人）改张继的《枫桥夜泊》一诗。一人说："霜如何能在天上见到，首句'满天'不通，霜见之于瓦上，应改'霜满屋'。次句'对

愁眠'也不通，对愁哪能眠？应改'对愁哭'。第三句勉强。第四句'夜半钟声到客船'更不通，如此船航行到常州，难道也能听见么？应改为'到木渎'。""木渎"这个地名从此就牢牢嵌在我的记忆里了。木渎有家有名的石家饭店，有名菜鲍肺汤，抗战前曾为国民党的大员们所赏识，据同行的潘伯鹰说，此菜不可不尝，谭延阖、于右任都曾在该店留题赞扬过的。扫兴的是正好碰上酒店在翻修炉灶，未能一饱口福。但隔壁一家面馆的爆鱼面也很出色，不像一般面馆似的将爆好的现成鱼块，作为浇头加在面上，而是热锅现爆，鱼脆而又嫩，颇为可口。店名叫天兴馆。何以记得呢？这里还有一段因缘。说起来也真是无巧不成书。二十世纪八十年代初，我到上海淮海路重庆路口一家苏州面馆"沧浪亭"吃葱油面，和同去的朋友闲谈，偶然提起了在木渎吃爆鱼面的旧事，说其味之佳至今尚能记得。一个上了年纪的苏州服务员插嘴问道："倷（nǎi）（吴方言，指"你"）阿是讲天兴馆？"原来沧浪亭的老掌勺正是天兴馆老厨司的儿子。难怪沧浪亭的葱油面如此精彩！沧浪亭以后成了我常去之处，并曾作小文为其葱油面鼓吹。

　　灵岩的寺宇、宝塔和各种诡奇多姿各像其名的怪石固然值得一看，但吸引我们的是馆娃宫的遗址。什么响屧廊、采香径、脂粉塘之类，历来为诗文所传。其实说穿了是大煞风景的。越王勾践献给吴王夫差美女的事，《国语》上是记载着的，可说于史有据；但西施这个人却查无实据。先秦诸子中虽然时常提到西施的名字，盛称其美貌，但从不提到她和吴越战争的关系。直到汉代袁康的《越绝书》和赵晔的《吴越春秋》，才提到越王以西施进献吴王的事。或说她是采薪女，或说她是浣纱女，究竟是怎么一回事儿谁也说不清。人们是不但喜欢造神，也喜欢编造风流故事的，于是越说越真，把一件虚无缥缈的事说得有鼻子有眼，风流旖旎，令人心醉。至少在汉代以后的两千年来，故事像滚雪球似的越滚越大，俨然成为史实。历代好事之徒不免要在"旧苑荒台"上添上些琴台、妆台之类，毁了又修，修了又毁。我们观览的时候，兴趣倒不是所谓吴王和西施的古迹，而是历代诗人、文人所塑造装潢过的传奇意义了。

倒是山西南麓的韩世忠墓留下了点印象。当时虽已残破，但墓碑前巨大的赑屃（bì xì）（中国古代传说中的神兽，龙的第六子，形似龟，喜欢负重）却完好无损，镌刻得也相当精致，比起墓主的同僚西湖岳王坟上的旧物来，后者无一件可与之争胜。这才是货真价实的南宋遗物，比灵岩寺里的所谓吴宫旧物来一点也不掺假。连灵岩寺本身也已是本世纪的建筑，没有多少古意了。

（本文选自《苏州杂志》1996年第2期，略有删节。）

读与思

本文描写了木渎名小吃爆鱼面、馆娃宫、韩世忠墓，娓娓道来，引人入胜。作者没有写灵岩的寺宇、宝塔、怪石，而独独写了馆娃宫、韩世忠墓，从文中找出这样写的原因。

虎　丘

◎张恨水

　　虎丘之胜，有剑池、憨憨泉、拥翠山庄、云岩禅寺、五云台、千顷云、阖闾墓、真娘墓、试剑石、点头石、千人石等处。拥翠山庄，沿山之半，建筑楼阁，南望天平上方诸山，如青幛翠屏，遥遥环峙，西望麦地桑田，一碧无际，名曰拥翠，得其实也。阖闾墓渺不可得，真娘墓亦土埂崩溃，杂生荆棘，当予游时，颇感不快。近得友人书，墓已仿苏小坟，建亭植树，且拥翠山庄一带，亦遍树桃李数百株，虎丘满山锦绣，已不如数年前之荒落矣。

　　清某君咏虎丘诗曰："苍苔翠壁无人迹，小立斜阳爱后山。"此非经过人真不能道。盖虎丘奇，在于土埂之中自生奇石。前

山剑池，削壁中开，下临幽泉，人以为奇。其实斧凿之痕，斑斑可辨。而后山则石崖陡立，无阶可下，蔓藤塞泉，自有幽趣。且唯至后山，能现虎丘真形，而信此山非人工所造也。

（本文节选自张恨水《湖山怀旧录》，载《世界日报》1929 年 6 月 23 日至 28 日。题目为编者所拟。）

读与思

　　作为旧派文人，张恨水旧学功底了得。这篇写虎丘的文章短短三百余字，熔写景、抒情、议论、怀古于一炉，跌宕有致，妙趣横生。

　　作者说只有到了后山，才能看到虎丘的真面目。你是怎么理解这句话的？

枫桥和寒山寺

◎张中行

枫桥和寒山寺是一对孪生姐妹，在阊门以西略南六七里。孪生姐妹的母亲是唐人张继的一首七绝，题目是《枫桥夜泊》，诗句是："月落乌啼霜满天，江枫渔火对愁眠。姑苏城外寒山寺，夜半钟声到客船。"于是游人游这一处名胜就要"一箭双雕"，既登桥看过江（胥江）的船只，又入寺看已非唐朝原物的铁钟。说起来诗的力量也真不小，尤其是书呆子，游苏州总要到这里看看，以温千年以上的渔火钟声之梦。有梦，也要作诗，如明初的名诗人高青丘有句云："几度经过忆张继，乌啼月落又钟声。"

清初名诗人王渔洋有句云:"十年旧约江南梦,独听寒山半夜钟。"后来居上,连"梦"字也端出来了。我拙于诗,梦却不少于王渔洋,这个不只有"意"而且有(唐)"诗"的地方当然要去看看。这孪生姐妹不愧为孪生,果然离得很近,所谓一箭之遥吧。凭我的感觉,江水东西向,桥在江上,南北向,跨度很大;登上桥头,北望,下桥就是枫桥镇的主要街道,东北望,不远是寒山寺。我更感兴趣的是立在桥头,凭桥栏看来往的船只。东行想来是往苏州,也许还要南行吗?那就是吴江了。不知怎么忽然有点人生如梦的感伤,顺口哼了五言一联,像是代船上的行客作的,句云:"江村行渐远,明日在谁边?"

(本文节选自张中行《姑苏半月》,载《苏州杂志》1994年第2、3期。)

读与思

《姑苏半月》是作者十八年后忆及当年应友人之邀来苏旅游的事,本文选取了作者文中写枫桥和寒山寺的片段。张中行主张写作应该力求忠实,"不宜写者不写,写则必以真面目对人",此文也体现了这样的主张。作者工于诗,博闻强记,写景后常引诗为证,饶有情趣。

作者称枫桥和寒山寺是一对"孪生姐妹",你赞同吗?说说你的理由。

天平之游

◎郑逸梅

返苏的动机 好久没有返苏了。眠云写了几封信来询问近状，赵子云画师又适欲赴苏一探莹域，约愚同行。潭水深情，均属可感，但愚本劳人，牵于课务，须星期六始克分身，遂请子云先去，届时在苏把晤。

沪苏道中 星期六，微明即起，把行箧整理了一番，盥漱后，便赴车站。那时太早了些，连电车都没有，由人力车直达其地，买票登车。车上乘客不多，很觉舒适。购读《申报》《新闻报》借以消遣。不一会儿，城郭绿杨，浮屠高矗，吴门已在望了。既停下车，别由人力车往胥门枣墅。

团饮女儿酒 卸行箧后，即和眠云晤叙。知子云暨其夫人、女公子元贞姊妹，又有谢之光夫妇，一同来苏，寓居城中旅馆，并约定借游天平，尽一日之兴。眠云打了个电话去，子云、之光并眷属等都来了。相见欢谈，不拘礼貌。既而在晋思堂上设宴，我们纷纷入座。眠云把愚所赠的海上方壶女儿酒敬客，那酒为三十年陈品，醇和芳厚，尝饮的莫不称美。因亟欲游山，三杯后便进饭果腹。那汽油艇儿，泊在门前，遂相率下艇，计子云夫妇，之光夫妇，元贞姊妹，眠云与太夫人、女公子锦观，愚及荆人，一共十有一人。好得那艇儿是很大的，所以尚不拥挤。

惧内趣史 谢之光的惧内，是素所著名的，所以他索性自行宣布，舱中枯坐听了很觉有趣。如今把他所宣布的，记在下面。

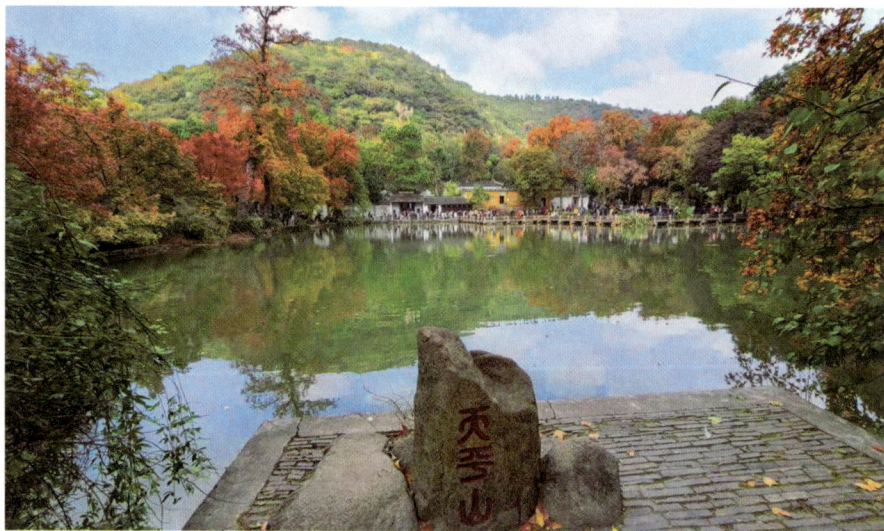

之光偶有外遇，正与情人会叙，不料被他夫人知道了，立刻赶来。之光惊惶失措，回身就逃，他夫人兀是追不着，情急智生，大呼捉盗。警察听了，很慌张地出勃浪令做射击状。之光恐有性命之忧，不敢再逃，便站住了脚。他夫人遂向警察说明原委，将之光带回家去，监禁闺中，半月不得出门。有一次，之光不服困令，表示抗拒，他夫人杏眼圆睁地，把他费了一星期的工夫绘就的仕女撕去。美人化蝶，飞舞室中，之光懊丧得了不得，因这画是香港某大公司所定的，限期交件，不得迟延。之光从此竖立降幡，永为不侵不叛之臣。之光好买古玩，他夫人喜叉麻雀。之光请伊戒赌，他夫人便以禁买古玩为要挟，之光不得已，立誓和吉金乐石断绝关系。他夫人总算耐了若干天，不涉竹林。但没有好久，依旧中风白板的玩着。之光却没有这胆量取消誓约，暗暗叫苦不迭。之光宣由的时候，他夫人在旁笑着，颇有得意的神色。之光故诞着脸，自称怕老婆的祖师，引得我们大笑起来。那时艇子已过西津桥，水面顿窄，速率锐减。行了半小时，便停泊在柳荫之下。我们唤了山轿，一同上山。

人化为狗　山轿简陋得很，几根竹竿搭构而成。古人所称的笋舆，大约就是这个东西。该地的妇女，矫健有力，故山轿大都由妇女肩抬。伊们招揽生意，有个切口，名为"捉狗"，直把乘客指为畜类。是真可气，亦复可笑咧！我们一共雇了十一顶山轿，权做了回狗儿。随径曲折，经了许多村落，家家都忙着蚕事，束薪为簇，虫已成茧。而门临溪塘，一二瘦犊，浴波为乐，自有一种野趣。再前行，境益清妙。万绿为幄，隔绝凡尘，既而坡陁起伏，循级而升，望支硎御道，蜿蜒似长蛇。到了这里，抬轿的村妇，汗流气喘，一齐歇了下来。之光趁这当儿，出其留真匣为愚夫妇摄影。歇了一回，轿再抬行。过童子门，地势又由高而坦，直至高义园，始行停轿。

参拜古墓　高义园中，有范公的墓，我们给了几个钱，嘱管门的开了锁一同进去，其中万松插天，浓荫蔽日，而干上苔皮班斑，有若龙鳞。披草拨荆，始见途径。到了墓前，石碑矗立，镌有"唐丽水公之墓"数字，我们参拜了一番，便退出原路。

白云饮泉　在九曲桥边，瞻赏了朝天的笏石，嶙朐赦骏，其状万变。既而我们一同登堂，那堂上砖儿有一很大的履迹，村妇指着说是当年乾隆帝的足印。荒诞之言，不足为信。我们更由蹬上陟，两旁的巨石，什么鹦鹉咧、蟾蜍咧、石钟咧，都是以形拟名。过了石钟，便为钵盂泉，遂趋入据小阁憩坐，老僧为我们瀹茗解渴。我们且饮且眺，槛外蒙荞岩壑，青翠深沉。山风吹来，飕飕作响。到了此地，几不知世上有扰攘的情状。坐了一回，再上一线天，崖壁断裂，挨身而进，据说瘦瘠的经行其间，不觉着宽，丰硕的也不觉着窄。齐东野语，恐亦不确。

同游的女侣，足力多不济，未能造极。于是联袂下山，在高义园旁，仍乘原轿，还至停艇的所在。

河干送别　下艇疾驶，转瞬已到金阊，之光夫妇和子云女公子，急欲返沪。我们便嘱汽艇向城河驶行，至车站送别，并约菡萏花开，再作荷宕之游哩。

（本文选自《逸梅丛谈》，上海校经山房书局1935年7月初版。）

读与思

这篇文章语言半文半白，以笔记之体，娓娓而谈，读来妙趣横生，别具风味。

旅游之妙，不单在欣赏美景，更在于和朋友同游之乐。郑逸梅非常注重记录游览途中同行者之间发生的趣事，看似是离题的闲笔，却让文章读起来生动有趣，不显得呆板。你写过游记吗？把你以前写的游记拿出来，模仿本文的写法修改一遍，看看会不会呈现出别样的风貌。

天平秋色

◎周瘦鹃

"远上寒山石径斜，白云生处有人家。停车坐爱枫林晚，霜叶红于二月花。"杜牧这一首《山行》诗，道尽枫叶之美，所以天平山看枫，也就是秋游第四个节目了。

枫叶须经霜而红，红而始美，因此看枫须等到秋深霜降之后，太早则叶犹未红，太晚则叶已凋落，大约须在农历十月间吧。所以蔡云《吴歈》有"天平十月看枫约，只合诗人坐竹兜"之句。

天平的枫树都很高大，叶作三角形，因称三角枫。在"万笏朝天"一带三太师坟前，有大枫九株，俗呼九枝红，因为那枫叶经霜之后，一片殷红，有如珊瑚灼海。而昔人称颂枫叶，说是"百花斗妆，不争春色"，真是再贴切不过了。清人李果《天平山看枫叶记》云："天平山，予旧所游也，泛舟从木渎下沙河可四里，小溪萦纡，至水尽处，登岸，穿田塍行。茅舍鸡犬，遥带村落，纵目鸡笼诸山，枫林远近，红叶杂松际。四山皆松栝杉榆，此独多枫树，冒霜则叶尽赤。今天气微暖，霜未着树，红叶参差，颜色明丽，可爱也。历咒钵庵，过高平范氏墓，岩壑溢秀，楼阁涨彩。折而北，经白云寺，憩泉上，升阁以望，则天平山色峻嶒，疏松出檐楹，凉风过之，如奏琴筑，或如海涛响。客有吹笛度曲者，其声流于林籁，境之所涉，情与俱适，不自知其乐之何以生地。"天平不失为苏州一座最好的大山，可是粗粗领略，往往不易见到它的好处：如"万笏朝天"一带的石笋，可就是绝无而仅有，而一线天以上，全是层层叠叠的奇峰怪石，自中白云以达上白云，一路饱看山色，消受不尽。加上深秋十月，经过了红艳的枫叶一番渲染，天平山真如天开图画一般，沈朝初所谓"一片枫林围翠嶂，几家楼阁迷丹邱，仿佛到瀛洲"。自是一些儿没有溢美啊。

（本文节选自《姑苏台畔秋光好》，收入周瘦鹃《行云集》，江苏人民出版社 1962 年 11 月初版。题目为编者所拟。）

读与思

　　作者是位"老苏州"，谙熟苏州的风物时令，因此写天平观枫颇有心得。如果说郑逸梅的《天平之游》重在"趣"，那么周瘦鹃的《天平秋色》则重在"美"。

　　天平红枫的形与色，在作者笔下呼之欲出，让人惊叹于他的笔墨之妙。

　　其实，周瘦鹃不仅是作家，还是一位杰出的园艺专家。他在苏州建有一座私家园林，名"紫兰小筑"。园内遍植花木，馨香四溢。他和这些花花草草朝夕共处，难怪落笔生情。文中写颜色的句子特别多，请你把它们找出来，体会一下作者的用字之妙。

《江南卧游册》题词

◎［明］李流芳

横　塘

去胥门九里，有村曰横塘，山夷水旷，溪桥映带村落间，颇不乏致。予每过此，觉城市渐远，湖山可亲，意思豁然，风日亦为清朗。即同游者未喻此乐也。

横塘之上，为横山。往时曾与潘方孺阻风于此，寻径至山下，有美松竹，小桃方花，恍若异境，因相与攀跻①。至绝顶，风怒甚，几欲吹堕。二十年事也。

丁巳中秋后三日，画于孟阳阊门寓舍。九月，复同孟阳至武林②，夜雨，泊舟朱家角补题。

石　湖

石湖，在楞伽山下。寺于山之巅者，曰上方，逶迤而东，冈峦渐夷，而上下起伏者，曰郊台，曰茶磨。寺于郊台之下者，曰治平。跨湖而桥者，曰行春。跨溪而桥，达于酒城者，曰越来。湖去郭六十里而近，故游者易至；然独盛于登高之会，倾城士女皆集焉。

戊申九月，余与孟髯同游，值风雨，游人寥落，山水如洗。

著屐至治平寺，抵暮而还。有诗云："客思逢重九，来寻雨外山。未能凌绝顶，聊共泊西湾。茶磨风烟白，薇村木叶斑。谁言落帽会③，不醉复空还？"山下有紫薇村，髯尝居于此；今已作故人矣，可叹！

灵 岩

余往来西山，数过灵岩山下。戊申秋日，始得与起东及其二子梁瞻、雍瞻一登。余皆从舟中遥望其林石之秀而已。

灵岩，为馆娃④旧址，响屧廊⑤、采香径⑥、琴台皆在其上。石上有陷痕如履，相传以为西施履迹，殆不信。少时梦与友人至此僧舍作诗，醒时记有"松风水月皆能说"之句。辛亥，同家弟看梅西碛，过灵岩，诗云："灵岩山下雨绵绵，香径琴台云接连。忆得秋山黄叶路，松风水月梦中禅。"盖谓此也。

丁巳九月七日，西塘舟中题。

（本文选自《历代山水小品》，湖北辞书出版社1994年版。）

📩 **作者简介**

李流芳（1575年—1629年），明代诗人、书画家。字长蘅，一字茂宰，号檀园、香海、古怀堂、沧庵，晚号慎娱居士、六浮道人。三十二岁中举人，后绝意仕途。诗文多写景酬赠之作，风格清新自然。与唐时升、娄坚、程嘉燧合称"嘉定四先生"。擅画山水，学吴镇、黄公望，峻爽流畅，为"画中九友"之一。

注释

①跻（jī）：登。

②武林：杭州的别称。

③落帽会：晋人孟嘉为桓温参军，九月九日登龙山，僚佐群集。忽然一阵风吹落孟嘉之帽，孟嘉竟未知觉。桓温遂命孙盛撰文调侃他。

④馆娃：宫名。吴王夫差曾在灵岩山上筑宫，给西施住。吴人称美女为娃，故称之为馆娃宫。

⑤响屧（xiè）廊：吴王宫内廊名，地为梓木板，行则有声，故名。

⑥采香径：在灵岩山前十里。相传为吴宫美女栽植鲜花香草处。

读与思

　　《〈江南卧游册〉题词》是作者为自己记忆中的山水胜景所作之画题写的跋。六朝时，宋代画家宗炳晚年把自己所游览过的风景名胜"皆图之于室"，"卧以游之"，后人遂将老年时所作的回忆山水画名之为"卧游图"。题中名"册"，当为册页。

　　书画跋是一种篇幅短小、体制和写法相当灵活的文体。《横塘》着重于描绘乡村野景，叙述冒风登横山的经过；《石湖》在概述石湖各个景点的分布后，讲述了戊申间偕友冒雨登至半山游治平寺的经过，回想前事，思及友人已亡，不胜感慨；《灵岩》把积想成梦、梦游吟诗的虚境和戊申登临的实境结合起来写，显得玄妙空灵。作者用笔简省，寥寥数字就勾勒出一个画境，如写村野风光，"有美松竹，小桃方花"；写雨中上方山、石湖，仅用了"山水如洗"四字。作者长于诗，以诗证文，散韵相间，饶有晚明小品之风。

群文探究

1. 邹斑在《吴门雅游篇》中写到了木渎灵岩，何满子在《木渎灵岩之游》中也写到了木渎灵岩，面貌却迥然不同。请你列举一下有哪些不同。

2. 邹斑在《吴门雅游篇》中写到了木渎的名小吃，何满子在《木渎灵岩之游》中也写到了木渎名小吃。请你仔细阅读这两篇文章中描写名小吃的段落，说一说，两人写名小吃的相同点和不同点是什么。

3. 邹斑、周瘦鹃和郑逸梅都写到了天平山，请你对比一下，在三位作者的笔下，天平山有什么共同之处？又有什么不同之处？

第五章　苏州识小

灯火旗亭喧夜市，月明歌吹满江楼。

我们可以把一座城市放在历史的大背景下，仰望她的沧桑变迁；也可以从小处着眼，观赏一座城市的细节。

叶圣陶的《昆曲》，带我们走进士大夫阶级的写意生活；朱自清的《我所见的叶圣陶》，刻画出一个可亲、可爱又可敬的苏州男人形象；程瞻庐的《苏州识小录》，文笔诙谐，视角独到，于市井生活中发现文化之光；范烟桥的《苏蔬》，聚焦苏州寻常人家的饭桌，把几道路边野菜写得摇曳生姿；莲影的《苏州的茶食店》，如一张苏州的小吃地图，读来活色生香；陆文夫的《门前的茶馆》，以茶馆为窗，透出苏州人悠闲慵懒的生活；黄裳的《苏州访书》，拈出苏州文化的一鳞半爪，把访书者、书店经营者的文化情味都写了出来。

扫码立领
★ 名师朗读
★ 美文微课
★ 城市印象
★ 老城记忆

童谣里的苏州

苏州好

苏州好，苏州好，苏州的园林佼佼归，
狮子林、拙政园、留园、西园、虎丘山。
这达地的风景真个灵，真个灵！

姑苏小吃名堂多

姑苏小吃名堂多，味道香甜软酥糯。
生煎馒头蟹壳黄，老虎脚爪绞连棒。
千层饼、蛋石衣，大饼油条豆腐浆。
葱油花卷葱油饼，经济实惠都欣赏。
香菇菜包豆沙包，小笼馒头肉馒头。
六宜楼去买紧酵，油里一氽当心咬。
茶叶蛋、焐熟藕，大小馄饨加汤包。
高脚馒头搭姜饼，价钿便宜肚皮饱。
芝麻糊、糖芋艿，油氽散子白糖饺。
鸡鸭血汤豆腐花，春卷烧卖八宝饭。
糯米粢饭有夹心，各色浇头自己挑。

锅贴水饺香喷喷，桂花藕彩海棠糕。

臭豆腐干粢饭团，萝卜丝饼三角包。

蜜糕方糕条头糕，猪油年糕糖年糕。

汤团麻团粢毛团，双酿团子南瓜团。

酒酿圆子甜酒酿，定胜糕来梅花糕。

笃笃笃笃卖糖粥，小囡吃仔勿想跑。

赤豆粽子有营养，肉粽咸鲜味道好。

鸡头米、莲子羹，糖炒栗子桂花香。

枣泥麻饼是特产，卤汁豆干名气响。

读与思

　　童谣，文字简单，节奏轻快，生动描绘着生活中的事物和人的情感，寄托着人们对美好生活的向往与追求。经典的老童谣不会因岁月的流逝而失去光辉，诵读老童谣是对这种古老文学形式的体味和再发现。请你诵读这些苏州老童谣，说一说它们分别描述了怎样的画面，传递出怎样的情感。你的家乡有哪些老童谣？读给你的同伴听吧。

昆　曲

◎叶圣陶

　　昆曲本是吴方言区域里的产物，现今还有人在那里传习。苏州地方，曲社有好几个。退休的官僚，现任的善堂董事，从课业练习簿的堆里溜出来的学校教员，专等冬季里开栈收租的中年田主、少年田主，还有诸如此类的一些人，都是那几个曲社里的社员。北平并不属于吴方言区域，可是听说也有曲社，又有私家聘请了教师学习的。在太太们中，能唱几句昆曲算是一种时髦。除了这些"爱美的"唱曲家偶尔登台串演以外，职业的演唱家只有一个班子，这是唯一的班子了，就是上海"大千世界"的"仙霓社"。逢到星期日，没有什么事来逼迫，我也偶尔跑去看他们演唱，消磨一个下午。

　　演唱昆曲是厅堂里的事。地上铺一方红地毯，就算是剧中的境界；唱的时候，笛子是主要的乐器，声音当然不会怎么响，但是在一个厅堂里，也就各处听得见了。搬上旧式的戏台去，即使在一个并不宽广的戏院子里，就不及平剧那样容易叫全体观众听清。如果搬上新式的舞台去，那简直没法听，大概坐在第

五六排的人就只看见演员拂袖按鬓了。我不曾做过考据功夫，不知道什么时候开始有演唱昆曲的戏院子。从一些零星的记载看来，似乎明朝时候只有绅富家里养着私家的戏班子。《桃花扇》里有陈定生一班文人向阮大铖借戏班子，要到鸡鸣埭上去吃酒，看他的《燕子笺》，也可以见得当时的戏不过是几十个人看看罢了。我十几岁的时候，苏州城外有演唱平剧的戏院子两三家，演唱昆曲的戏院子是不常有的，偶尔开设起来，开锣不久，往往因为生意清淡就停闭了。

昆曲彻头彻尾是士大夫阶级的娱乐品，宴饮的当儿，叫养着的戏班子出来演几出，自然是满写意的。而那些戏本子虽然也有幽期密约、盗劫篡夺，但是总要归结到教忠教孝、劝贞劝节，这就除了供给娱乐以外，对于士大夫阶级也尽了相当的使命。就文辞而言，据内行家说，多用辞藻故实是不算稀奇的，要像元曲那样亦文亦话才是本色。但是，即使像了元曲，又何尝能够句句像口语一样听进耳朵就明白？再说，昆曲的调子有非常迂缓的，一个字延长到十几拍，那就无论如何讲究辨音，讲究发声跟收声，听的人总之难以听清楚那是什么字了。所以，听昆曲先得记熟曲文；自然，能够通晓曲文里的故实跟辞藻那就尤其有味。这又岂是士大夫阶级以外的人所能办到的？当初编撰戏本子的人原来不曾为大众设想，他们只就自己的天地里选一些材料，编成悲欢离合的故事，借此娱乐自己、教训同辈，或者发发牢骚。谁如果说昆曲太不顾到大众，谁就是认错了题目。

昆曲的串演，歌舞并重。舞的部分就是身体的各种动作跟姿势，唱到哪个字，眼睛应该看哪里，手应该怎样，脚应该怎样，都由老师傅传授下来，世代遵守着。动作跟姿势大概重在对称，向左方做了这么一个舞态，接下来就向右方也做这么一个舞态，意思是使台下的看客得到同等的观赏。譬如《牡丹亭》里的《游园》一出，杜丽娘小姐跟春香丫头就是一对舞伴，从闺中晓妆起，直到游罢回家止，没有一刻不是带唱带舞的，而且没有一刻不是两人互相对称的。这一点似乎比较平剧跟汉调来得高明。前年看见过一本《国剧身段谱》，详记平剧里各种角色的各种姿势，实在繁复非凡；可是我们去看平剧，就觉得演员很少有动作，如《李陵碑》里的杨老令公，直站在台上尽唱，两手插在袍甲里，偶尔伸出来挥动一下罢了。昆曲虽然注重动作跟姿势，也要演员能够体会才好，如果不知道所以然，只是死守着祖传规矩来表演，那就跟木偶戏差不多。

昆曲跟平剧在本质上没有多大差别，然而后者比较适合于市民，而士大夫阶级已无法挽救他们的没落，昆曲恐将不免于淘汰。这跟麻将代替了围棋、豁拳代替了酒令，是同样的情形。虽然有曲社里的人在那里传习，然而可怜得很，有些人连曲文都解不通，字音都念不准，自以为风雅，实际上却是薛蟠那样的哼哼，活受罪，等到一个时会到来，他们再没有哼哼的余闲，昆曲岂不将就此"绝响"？这也没有什么可惜，昆曲原不过是士大夫阶级的娱乐品罢了。

有人说，还有大学文科里的"曲学"一门在。大学文科分门这样细：有了诗，还有词；有了词，还有曲；有了曲，还有散曲跟剧曲；有了剧曲，还有元曲研究跟传奇研究。我只有钦佩赞叹，别无话说。如果真是研究，把曲这样东西看作文学史里的一宗材料，还它个本来面目，那自然是正当的事。但是人的癖性往往会因为亲近了某种东西，生出特别的爱好、心情来，以为天下之道尽在于此。这样，就离开"研究"二字不止十里八里了。我又听说某一所大学里的"曲学"一门功课，教授先生在教室里简直就教唱昆曲，教台旁边坐着笛师，笛声嘘嘘地吹起来，教授先生跟学生就一同嗳嗳嗳……地唱起来。告诉我的那位先生说这太不成话了，言下颇有点愤慨。我说，那位教授先生大概还没有知道，"仙霓社"的台柱子，有名的巾生顾传玠，因为唱昆曲没前途，从前年起丢掉本行，进某大学当学生去了。

这一回又是望道先生出的题目。真是"漫谈"，对于昆曲一点儿也没有说出中肯的话。

（本文载于《太白》第 1 卷第 3 期，1934 年 10 月 20 日出版。）

读与思

你听过昆曲吗？昆曲，原名"昆山腔"或简称"昆腔"，是中国古老的戏曲声腔、剧种，现又被称为"昆剧"。昆曲是中华民族传统戏曲中最古老的剧种之一，也是中国传统文化艺术，是戏曲艺术中的珍品，被称为百花园中的一朵"兰花"。昆曲发源于 14 世纪中国的苏州昆山，后经魏良辅等人的改良而走向全国，自明代中叶以来独领中国剧坛近 300 年。

读了叶圣陶的这篇文章，你有没有对昆曲产生浓厚的兴趣？中国昆曲博物馆坐落于昆曲的发祥地苏州市古城区平江路张家巷全晋会馆内。有机会的话可以去逛一逛，了解更多昆曲的秘密。

我所见的叶圣陶

◎朱自清

我第一次与圣陶见面是在民国十年的秋天。那时刘延陵兄介绍我到吴淞炮台湾中国公学教书。到了那边，他就和我说："叶圣陶也在这儿。"我们都念过圣陶的小说，所以他这样告我。我好奇地问道："怎样一个人？"出乎我的意料，他回答我："一位老先生哩。"但是延陵和我去访问圣陶的时候，我觉得他的年纪并不老，只是那朴实的服色和沉默的风度与我们平日所想象的苏州少年文人叶圣陶不甚符合罢了。

记得见面的那一天是一个阴天。我见了生人照例说不出话；圣陶似乎也如此。我们只谈了几句关于作品的泛泛的意见，便告辞了。延陵告诉我每星期六圣陶总回甪直去；他很爱他的家。他在校时常邀延陵出去散步；我因与他不熟，只独自坐在屋里。不久，中国公学忽然起了风潮。我向延陵说起一个强硬的办法——实在是一个笨而无聊的办法！——我说只怕叶圣陶未必赞成。但是出乎我的意料，他居然赞成了！后来细想他许是有意优容我们吧；这真是老大哥的态度呢。我们的办法天然是失败了，风潮延宕下去；于是大家都住到上海来。我和圣陶差不多天天见面；同时又认识了西谛、予同诸兄。这样经过了一个月，这一个月实在是我的很好的日子。

我看出圣陶始终是个寡言的人。大家聚谈的时候，他总是坐在那里听着。他却并不是喜欢孤独，他似乎老是那么有味地听着。

至于与人独对的时候，自然多少要说些话；但辩论是不来的。他觉得辩论要开始了，往往微笑着说："这个弄不大清楚了。"这样就过去了。他又是个极和易的人，轻易看不见他的怒色。他辛辛苦苦保存着的《晨报》副刊，

叶圣陶

上面有他自己的文字的，特地从家里捎来给我看；让我随便放在一个书架上，给散失了。当他和我同时发现这件事时，他只略露惋惜的神色，随即说："由他去末哉，由他去末哉！"我是至今惭愧着，因为我知道他作文是不留稿的。他的和易出于天性，并非阅历世故、矫揉造作而成。他对于世间妥协的精神是极厌恨的。在这一月中，我看见他发过一次怒——始终我只看见他发过这一次怒——那便是对于风潮的妥协论者的蔑视。

风潮结束了，我到杭州教书。那边学校当局要我约圣陶去。圣陶来信说："我们要痛痛快快游西湖，不管这是冬天。"他来了，教我上车站去接。我知道他到了车站这一类地方，是会觉得寂寞的。他的家实在太好了，他的衣着，一向都是家里管。我常想，他好像一个小孩子；像小孩子的天真，也像小孩子一样离不开家里人。必须离开家里人时，他也得找些熟朋友伴着；孤独对于他简直是有些可怕的。所以他到校时，本来是独住一屋的，却愿意将那间屋做我们两人的卧室，而将我那间做书室。这样可以常常相伴；我自然也乐意，我们不时到西湖边去；有时下湖，有时只喝喝酒。在校时各据一桌，我只预备功课，他却老是写小说和童话。

初到时，学校当局来看过他。第二天，我问他，"要不要去看看他们？"他皱眉道："一定要去吗？等一天吧。"后来他始终没有去。他是最反对形式主义的。

那时他小说的材料，是旧日的储积；童话的材料有时却是片刻的感兴。如《稻草人》中《大喉咙》一篇便是。那天早上，我们都醒在床上，听见工厂的汽笛，他便说："今天又有一篇了，我已经想好了，来的真快呵。"那篇的艺术很巧，谁想他只是片刻的构思呢！他写文字时，往往拈笔伸纸，便手不停挥地写下去，开始及中间，停笔踌躇时绝少。他的稿子极清楚，每页至多只有三五个涂改的字。他说他从来是这样的。每篇写毕，我自然先睹为快；他往往称述结尾的适宜，他说对于结尾是有些把握的。看完，他立即封寄《小说月报》，照例用平信寄。我总劝他挂号，但他说："我老是这样的。"他在杭州不过两个月，写的真不少，教人羡慕不已。《火灾》里从《饭》起到《风潮》这七篇，还有《稻草人》中一部分，都是那时我亲眼看他写的。

在杭州待了两个月，放寒假前，他便匆匆地回去了；他实在离不开家，临去时让我告诉学校当局，无论如何不回来了。但他却到北平住了半年，也是朋友拉去的。

朱自清

我前些日子偶翻民国十一年的《晨报》副刊，看见他那时途中思家的小诗，重念了两遍，觉得怪有意思。北平回去不久，他便入了商务印书馆编译部，家也搬到上海。从此在上海待下去，直到现在——中间又被朋友拉到福州一次，有一篇《将离》抒写那回的别恨，是缠绵悱恻的文字。这些日子，我在浙江乱跑，有时到上海小住，他常请了假和我各处玩儿或喝酒。有一回，我便住在他家，但我到上海，总爱出门，因此他老说没有能畅谈；他写信给我，老说这回来要畅谈几天才行。

民国十六年一月，我接着北来，路过上海，许多熟朋友和我饯行，圣陶也在。那晚我们痛快地喝酒，发议论；他是照例地沉默着。酒喝完了，又去乱走，他也跟着。到了一处，朋友们和他开了个小玩笑；他脸上略露窘意，但仍微笑地沉默着。圣陶不是个浪漫的人；在一种意义上，他正是延陵所说的"老先生"。但他能了解别人，能谅解别人，他自己也能"作达"，所以仍然——也许格外——是可亲的。那晚快夜半了，走过爱多亚路，他向我诵周美成的词——"酒已都醒，如何消夜永！"我没有说什么；那时的心情，大约也不能说什么的。我们到一品香又消磨了半夜。这一回特别对不起圣陶；他是不能少睡觉的人。他家虽住在上海，而起居还依着乡居的日子：早七点起，晚九点睡。有一回我九点十分去，他家已熄了灯，关好门了。这种自然的、有秩序的生活是对的。那晚上伯祥说："圣兄明天要不舒服了。"想起来真是不知要怎样感谢他才好。

第二天我便上船走了，一眨眼三年半，没有上南方去。信也很少，却全是我的懒。我只能从圣陶的小说里看出他心境的变迁；这个我要留在另一文中说。圣陶这几年里似乎到十字街头走过一趋，但现在怎么样呢？我却不甚了然。他从前晚饭时总喝点酒，"以半醺为度"；近来不大能喝酒了，却学了吹笛——前些日子说已会一出《八阳》，现在该又会了别的了吧。他本来喜欢看看电影，现在又喜欢听听昆曲了。但这些都不是"厌世"，如或人所说的，圣陶是不会厌世的，我知道。又，他虽会喝酒，加上吹笛，却不曾抽什么"上等的纸烟"，也不曾住过什么"小小别墅"，如或人所想的，这个我也知道。

民国十九年七月，北平清华园

（本文选自《朱自清全集》第一卷，江苏教育出版社 1988 年版。）

读与思

叶圣陶是苏州人，他身上带有某些苏州人的共性特质。朱自清以时间为经线，通过叙述一段时间内的事来表现叶圣陶一个方面的特点，再由这一点到方方面面勾勒出整个人的形象。叶圣陶的为人处世有哪些特点？默读全文，试着梳理一下。

苏州识小录

◎程瞻庐

市　招

苏州著名之酱园有二：一曰潘氏之"所宜"酱园，一曰顾氏之"得其"酱园，命名至为特别。"所宜"者，乡党朱注所谓"食肉用酱各有所宜"也；"得其"者，乡党所谓"不得其酱不食"也。然"所宜"二字，尚嫌笼统，肉店亦可用，初不限于酱园一业也。又有"知足"袜厂，用孟子不知足而屦之义，亦属勉强。数年前胥门外有茶肆曰"丹阁轩"，盖借用苏字"耽搁歇"三字谐音，其命名至滑稽也。

"毛上珍"为刻字铺，"月中桂"为香粉铺，均甚著名。曩年余与枫隐（指作者的朋友朱枫隐）张春灯谜于观前街，余以"人间能得几回闻"射"月中桂"，枫隐以"满头珠翠"射"毛上珍"，均能恰如题分。

里　巷

苏州里巷桥梁之名，往往辗转误读，致与原名不合。如"邵磨针巷"之误为"撞木钟巷"，"游马坡巷"之误为"油抹布巷"，均可笑也。阊门外有"鸭蛋桥",其名本俗,今有写作"阿黛桥"者,则化俗而为雅。城内有"钓玉弄",其名本雅,今人则呼为"狗肉弄",则化雅而为俗。

或有联合苏州城内街名以征对者,其出联曰:"卫前街,道前街,观前街,卫道观前街。"此四街均在城中,因字复颇难属对,或对之曰:"洋货店,广货店,京货店,洋广京货店。"亦颇工稳。

数十年前,城内之"鲤鱼墩"与城外之"庄基"及"小邾弄"同日均有火灾,苏人相传谓之烧"三大牲"。盖鲤鱼之"鱼",庄基之"鸡"(谐音),小邾之"猪"(谐音),合而言之,适成三牲也。

城内有四街,性质各异:"仓街"冷落无店铺,"北街"多受阳光,"观前街"食铺林立,"护龙街"衣肆栉比。苏人之谣曰:"饿煞仓街,晒煞北街,吃煞观前街,著煞护龙街。"

茶 寮

城内著名之茶寮,元妙观有雅聚(今仍旧),观前街有玉楼春(今改组),临顿路有望月(今停歇)。好事者曾凑合以成出联曰:"雅聚玉楼春望月。"惜无有对之者。

苏人吃板茶之风颇盛(按日必往茶寮,谓之板茶),亦有每日须至茶寮二三次者。一次泡茶以后,茶罢出门,茶博士不收壶去,仅将壶倚戤(gài)(依靠)一边,以待其再至三至,名曰"戤茶"。取得"吃戤茶"之资格者，非老茶客不可。仅出一壶茶之费，而可作竟日消遣。茶博士贪其逢节有犒赏，故对于此辈吃戤茶者，奉承之唯恐不至也。

（本文选自《红杂志》第18期，1922年出版。）

读与思

　　苏州是文化名城，文化的因素无处不在。本文选取了苏州的三个小点，娓娓道来，很有意思。作者是老苏州，旧派文人，喜欢作对子、猜灯谜，所以写起文章来也是俗中见雅。假如你有机会来苏州，除了逛园林、游名胜，不妨也关注一下苏州的街巷名称。文中提到的这些街名，今天还能找到吗？

苏 蔬

◎范烟桥

苏州居家常吃菜蔬，故有"苏州不断菜"之谚。城外农家园圃，每于清晨摘所产菜蔬入市，待价而沽，谓之"挑白担"，不知何所取义？城南南园土肥沃，产物尤腴美，庖丁亦善以菜蔬为镝矢馔之佐，如鱼翅虾仁，类多杂之，调节浓淡，使膏粱子弟稍知菜根味也。春令菜蔬及时，市上盈筐满担，有号马来头者，鲜甘甚于他蔬，和以香豆腐干屑，捼以冰糖麻油，可以下酒，费一二百钱，便能觅一醉矣。菜晒成干，别有风味。用以煮肉，胜于其他辅品。唯苏州菜不及吴江菜之性糯，宁波制为罐头之于菜更逊。吾乡多腌菜，我家文正公在萧寺断齑（jī）（咸菜）画粥，齑即腌菜，苏人至今称腌菜为腌齑。枸杞于嫩时摘食，清香挂齿。而豆苗更清腴可口，宋牧仲开府吴门，曾题盘山拙庵和尚沧浪高唱画册云："青沟辟就老烟霞，瓢笠相过道路赊。携得一瓶豆苗菜，来看三月牡丹花。"即此。王渔洋《香祖笔记》载之，注云："豆苗菜出盘山。"盘山在天津蓟州区西北，为京东胜地，不知北国豆苗，与苏州豆苗孰美？荠菜吾乡称野菜，苏州人则读荠为斜字上声，即《诗经》"谁谓荼苦，其甘如荠"之荠。可知两千年前，已有老饕尝此异味矣。荠菜炒鸡炒笋俱佳。有花即老，谚有"荠菜开花结牡丹"之语，则暮春三月，即不宜食。周庄每以腌菜与荼奉客，谓之"吃菜茶"，成风俗。
苏州人好吃腌金花菜，金花
菜随处有之，然卖者叫货，
辄言来自太仓，不知何故？
且其声悠扬，若有一定节奏
者。老友沈仲云曾拟为歌谱，
颇相肖也。山塘女子稚者卖花，老则卖金花菜与黄连头。同一筠
篮臂挽，风韵悬殊矣。

　　（本文节选自范烟桥《茶烟歇》，上海书店 1989 年 10 月影
印初版。）

读与思

　　本文提到了哪些苏州人常吃的蔬菜？请你仔细读一读文
章，找出作者写了哪些独特的做法。

苏州的茶食店

◎莲　影

　　故例以茶款客，必佐以细碟数事，内设糕饼之属，故谓之茶食。苏州茶食，为各省所不及。故异地之士绅，来苏游玩者，必购买之，以馈赠亲朋；受之者，视为琼瑶不啻也。其老店，如观前街之稻香村，临顿路之野荸荠，十全街之王仁和，其最著者也。至于叶受和，当时尚未开张，特后起之秀耳。王仁和，一名王饽饽，规模甚小，资本不丰，特善于联络各衙门之差役，故官场送礼，多用该店之货，而其实物品不甚佳美，因之不克支持，而关闭焉。若野荸荠，数年前因亏本收歇，不久，复开张于阊外马路矣。

　　稻香村店东沈姓，洪杨之役，避难居乡，曾设茶食摊于洋澄湖畔之某村，生意尚称不恶。乱后归城，积资已富，因拟扩张营业，设肆于观前街。奈招牌乏人题名，乃就商于其挚友。友系太湖滨蒔萝卜之某农，略识之无，喜观小说，见《红楼梦》大观园有稻香村等匾额，即选此三字，为沈店题名。此三字，与茶食店有何关系，实令人不解，而沈翁受之，视同拱璧。与之约曰："吾店若果发财，当提红利十分之二，以酬君题名之劳！"既而，店业果蒸蒸日上，沈翁克践前约，每逢岁底，除照分红利外，更腾以鸡、鱼、火腿等丰美之盘，至今不替云。

　　叶受和店主，本非商人，系浙籍富绅。一日，游玩至苏，在观前街玉楼春茶室品茗。因往间壁稻香村，购糕饼数十文充饥。时苏店恶习：凡数主顾同时莅门，仅招待其购货之多者，其零星小主顾，往往置之不理焉。叶某等候已久，物品尚未到手，未免怒于色而怼于言。店伙谓叶曰："君如要紧，除非自己开店，方可称心！"叶乃悻悻而出。时稻香村歇伙某，适在旁闻言，尾随叶某，谓之曰："君如有意开店，亦属非难，余愿助君一臂之力。"叶某大喜，遽委该伙经理一切，而店业乃成。初年亏本颇巨。幸叶某家产甚丰，且系斗气性质，故屡经添本，不稍迟疑。十余年来，渐有起色，今已与稻香村齐名矣！其余如城内都亭桥之桂香村，外石路口之凌嘉和，虽略有微名，仅等之自郐以下耳。

各茶食店之历史，既详为报告矣。今复将各茶食店货品之优劣，更为读者介绍之。

稻香村茶食，以月饼为最佳，而肉饺次之。月饼上市于八月，为中秋节送礼之珍品，以其形圆似月，故以月饼名之。其佳处，在糖重油多，入口松酥易化。有玫瑰、豆沙、甘菜、椒盐等名目。其价每饼铜圆十枚。每盒四饼，谓之大荤月饼。若小荤月饼，其价减半，名色与大荤等。唯其中有一种，号"清水玫瑰"者，以洁白之糖、嫣红之花，和以荤油而成，较诸大荤，尤为可口。尚有圆大而扁之月饼，名之为"月宫饼"，简称之曰"宫饼"。内容枣泥和以荤油，每个铜圆廿枚，每盒两个。此为甜月饼中之最佳者。至于咸月饼，曩年仅有南腿、葱油两种，迩年又新添铁内月饼。此三种，皆宜于出炉时即食之，则皮酥而味腴，洵别饶风味者也。若夫肉饺，其制法极考究：先将鲜肉剔尽筋膜，精肥支配均匀，然后剁烂，和以上好酱油，使之咸淡得中；外包酥制薄衣，入炉烘之，乘热即食，有汁而鲜；如冷后再烘而食，则汁已走入皮中，不甚鲜美矣。复有三、四月间上市之玫瑰猪油大方糕者，内容系白糖与荤油，加入鲜艳玫瑰花，香而且甜，亦醰（tán）醰有味。但蒸熟出釜时，在上午六时左右，晨兴较早之人得食之；稍迟，则被小贩等攫夺已尽，徒使人涎垂三尺焉。

叶受和月饼、肉饺，不及稻香村之佳，而零星食品，则优美过之。如久已著名之枣子糕、绿豆糕，及新近发明之豆仁酥、芙蓉酥等皆制法甚精饶有美味也。

野荸荠，素以肉饺及酒酿饼著名。肉饼制法，与稻香村略同。其酒酿饼，以酒酿露发酵，其气芬芳，质松而软，虽隔数天，依然其软如绵，所以为佳。

其外，尚有广东茶食店两家：一名广南居，一名马玉山。地点俱在元妙观以西。茶食花色虽多，其制法粗而不精，其美不及苏州茶食远甚。唯中秋月饼，硕大无朋，其形小者如碗，大者如盘。小者，其价银自五分至数角不等。大者，自一银元起，至数十银元为止。有名七星赶月者，亦价银一元。名目虽奇，其内容，不过糖果等，和以盐与蛋黄七枚而已。其味平常，并无佳处，即此一物，可例其余。唯暑月素点，名冰花糕者，广东店独有之，其制法传自英京伦敦，故简称"伦敦糕"。凡广店规则，如物品于某日上市，必先期标名于水牌，借以招徕主顾。敦字草书，与教字草体相似，店友不谙文义，故以误传讹，认敦为教，遂名此为伦教糕矣。"伦教"二字，何所取义？市侩不文，可笑已极！至今沿讹已久，即有文人为之指正，彼反将笑而不信也。

凡茶食店，必兼售糖果。亦有专售糖果者，谓之糖果店。糖果店，以采芝斋为最佳。其著名之品，如玫瑰酱、松子酥、清水查糕、冰糖松子等是。更有橙糕一味，色黄气馥，其味甘酸，为他店所无者，殊堪珍贵也。

糖果类中，又有所谓果酥者，系用炒熟落花生，和以白糖，入日研之，气香而味厚；且花生内含蛋白质，及油分甚多，故可以补身，可以润肠；凡大便艰涩者食之，其效力之大，胜于食香蕉也。其品初著名于宫巷颜家巷口之惠凌村，而碧凤坊巷西口之杏花村，实驾而上之。盖惠凌村之果酥，质粗糙而甜分少；杏花村之果酥质细腻而甜分多，甲乙之判，即在于是矣。

（本文选自《红玫瑰》第 7 卷第 14 期，1931 年 5 月出版。）

读与思

　　本文作者生平不详，但一定是个苏州通。所谓"茶食"，就是小点心、土特产。文中提到的几家老字号，如稻香村、叶受和等，至今仍活跃在苏州市场上。看了作者的介绍，总结一下这几种茶食有哪些特点。

门前的茶馆

◎陆文夫

早在四十年代的初期，我住在苏州的山塘街上，对门有一家茶馆。所谓对门也只是相隔两三米，那茶馆店就像是开在我的家里。我每天坐在窗前读书，每日也就看着那爿茶馆店，那里有人生百态图，十分有趣。

每至曙色萌动、鸡叫头遍的时候，对门茶馆店里就有了人声，那些茶瘾很深的老茶客，到时候就睡不着了，爬起来洗把脸，昏昏糊糊地跑进茶馆店，一杯浓茶下肚，才算是真正醒了过来，才开始他一天的生涯。

第一壶茶是清胃的，洗净隔夜的沉积，引起饥饿的感觉，然后吃早点。吃完早点后有些人起身走了，用现在的话说是去上班的。大多数的人都不走，继续喝下去，直喝到把胃里的早点都消化掉，算是吃通了。所以，苏州人把上茶馆叫作孵茶馆，像老母鸡孵蛋似的坐在那里不动身。

小茶馆是个大世界，各种小贩都来兜生意，卖香烟、瓜子、花生的终日不断；卖大饼、油条、麻团的人是来供应早点的。然后是各种小吃担都要在茶馆的门口停一歇。有卖油炸臭豆腐干的、卖鸡鸭血粉丝汤的、卖糖粥的、卖小馄饨的……间或还有卖唱的，一个姑娘挽着一个戴墨镜的盲人，走到茶馆的中央，盲人坐着，姑娘站着，姑娘尖着嗓子唱，盲人拉着二胡伴奏。许多电影和电视片里至今还有此种镜头，总是表现那姑娘生得如何美丽，那小曲儿唱得如何动听等等之类。其实，我所见到的卖唱姑娘长得都不美，面黄肌瘦，发育不全，歌声也不悦耳，只是唤起人们的恻隐之心，给几个铜板而已。

茶馆店不仅是个卖茶的地方，孵在那里不动身的人也不仅是为了喝茶的。这里是个信息中心、交际场所，从天下大事到个人隐私，老茶客们没有不知道的，尽管那些消息有时是空穴来风，有的是七折八扣。这里还是个交易市场，许多买卖人就在茶馆店里谈生意；这里也是个聚会的场所，许多人都相约几时几刻在茶馆店里碰头。最奇怪的还有一种所谓的吃"讲茶"，把某些民事纠纷拿到茶馆店里评理。双方摆开阵势，各自陈述理由，让茶客们评论，最后由一位较有权势的人裁判。此种裁判具有很大的社会约束力，失败者即使再上诉法庭，转败为胜，社会舆论也不承认，说他是买通了衙门。

对门有人吃讲茶时，我都要去听，那俨然是个法庭，双方都请了能说会道的人申述理由，和现在的律师差不多。那位有权势的地方上的头面人物坐在正中的一张茶桌上，像个法官，那些孵茶馆的老茶客就是陪审团。不过，茶馆到底不是法庭，缺少威严，动不动就大骂山门，大打出手，打得茶壶茶杯乱飞，板凳桌子断腿。这时候，茶馆店的老板站在旁边不动声色，反正一切损失都有人赔，败诉的一方承担一切费用，包括那些老茶客们一天的茶钱。

解放以后苏州城里的茶馆店逐步减少以至消失了，只有在农村里的小集镇上还偶尔可见。五年前我曾经重访过山塘街上的那家茶馆店，那里已经没有了茶馆的痕迹，原址上造了三间新房和一个垃圾箱。

近十年间城里的茶馆店逐步消失的主要原因是经济原因。开茶馆店无利可图，除掉园林和旅游点作为一种服务之外，其余的地方没人愿开茶馆店。一杯茶最多卖了五毛钱，茶叶一毛五，开水五分钱，还有三毛钱要让你在那里孵半天、孵一天，那还不够付房租和水电费。不能提高到五块钱吗？谁去？当茶价提高到三块钱的时候许多老茶客就已经溜之大吉，只好眼睁睁地看着苏州的一大特色——茶馆逐渐消失。

那些老茶客都溜到哪里去了呢？是不是都孵在家里品茶呢？不全是，茶馆有茶馆的功能，非家庭所能代替。坐在家里喝茶谁来与你聊天，哪来那么多的消息？那些消息都是报纸上没有的。

老茶客们自己组织自助茶馆了，此种义举常常都得到机关工厂，特别是居民委员会的支持。找一个适当的场所，支起一个煤炉，搞一些台凳，茶客们自带茶具，带有一种俱乐部的性质，不是对外营业，说它是茶馆却和过去的茶馆不完全相似。这叫"无可奈何花落去，似曾相识燕归来"。

（本文选自《中国语》1992年1月号。）

读与思

《门前的茶馆》是陆文夫为日本内山书店编辑的一本帮助日本读者学习汉语的刊物《中国语》写的一篇文章。根据刊物的要求，一方面，要介绍中国的风俗民情，使日本人对中国多一分了解；另一方面，要有助于日本读者学习汉语，即尽可能地口语化、通俗化。作者说"小茶馆是个大世界"，对这句话你是如何理解的？苏州城里的茶馆店逐步消失的原因是什么？

苏州访书

◎黄 裳

多年来，苏州对我最大的吸引力是书。访书在苏州，比起北京的琉璃厂、杭州的留下、南京的状元境……味道完全不同。

整整三十年前，也是这样的秋天，鲍肺汤上市的时候，我陪了叶圣陶、郑西谛、吴辰伯到苏州去旅行。在车站遇到周予同，他是从上海到苏州社会教育学院去上课的。一把拖住他们到学校去演讲，没有谁肯去，事实上当时他们谁都不能公开露面。郑西谛就要我去讲，我当然不会去，因为，我连一些在学院说话的资格都没有。西谛还是不住地说，他真的不是在说笑话，正经得很，还说我是"三人行中最少年"。这事还恍如目前，而西谛的墓前如果种了白杨的话，怕真的也"堪作柱"了。

记得那天晚上在酒楼上吃夜饭，三个人都能喝，结果是虽未沉沉大醉，也相差不远。从酒楼出来时，观前一带早已上灯。西谛却吵着要去访书。我们先到玄妙观，在一家书店里看书，我花了一块钱买了一部康熙刻本的《骆临海集》送给了辰伯，因为他是义乌人，与骆宾王是同乡。从玄妙观出来后又到护龙街上去访书，书店都早已上了门板。西谛就擂鼓似的敲门，终于敲开了。书店的主人是认识他的，就热诚招待。记得店里刚收得许博明家的一大批藏书，善本不少。特别是整整一架地方志，几乎都是康熙以前的清初刻本，西谛大声连赞"好书"。其实我知道，他不久就要到香港转往解放区，不想买，也没有余钱买书的。不过他还是告诉我，"这些书是非买不可的，机会不能放过！"说得好像我是百万富翁似的。这情景也还如在目前。

从这家书店出来时，大约已是八九点钟了。给秋夜的微风一吹，大家也多少清醒了一些，算算护龙街上的旧书店，至少还有十多家，怕是不能遍访了。正是"酒已都醒，如何销夜永"！西谛还是不肯回到宿舍去，终于想出主意，要去看汪义庄里戈裕良手叠的假山。记得也是在护龙街上，钻进了一条狭狭的小弄，在昏暗中看见一座假山。自然是什么都没有看清楚，而且后来知道，这实在也并不是汪义庄。

这次访书的经过，想来虽然有些可笑，但确是十分美好的回忆。

一九七八年十一月四日

（本文节选自黄裳《访书》，收入花城出版社 1982 年版《花步集》。题目为编者所拟。）

读与思

黄裳多次来过苏州，几乎每次都著于笔墨，每次所写的文章的中心，又似乎都离不开书。苏州在古代是全国的出版中心之一，本城及周边地区有许多著名的藏书家，有着全国很有影响的书市——旧书市场。

作者最后说："这次访书的经过，想来虽然有些可笑，但确是十分美好的回忆。"默读全文，思考一下，这次访书的经过可笑在哪里？美好在哪里？

群文探究

1.范烟桥的《苏蔬》，莲影的《苏州的茶食店》，陆文夫的《门前的茶馆》，从不同的角度讲述了苏州百姓的市井生活，读完这几篇文章后，你对苏州百姓的市井生活有什么新的认识吗？

2.叶圣陶是《昆曲》的作者，又是朱自清《我所见的叶圣陶》中的主人公。把这两篇文章放在一起读，你对叶圣陶有什么新的认识吗？

3.程瞻庐写到的"吃跋茶"，陆文夫写到的"吃讲茶"，都是苏州茶馆里独特的风景。你能从这两种特别的现象中感受到苏州人的性格特点吗？

研学活动：
揭开苏州的神秘面纱

研学主题一：倾听江南最美的声音

研学因由：苏州评弹是苏州评话和苏州弹词的总称，起源于风景秀丽的苏州。苏州评话和苏州弹词，大约形成于明末清初，流行于江、浙、沪一带，用苏州方言演唱。2006 年 5 月 20 日，苏州评弹经国务院批准列入第一批国家级非物质文化遗产新增项目名录。

研学活动：

1. 参观苏州评弹博物馆：

苏州评弹博物馆位于苏州市平江路中张家巷，建筑面积 839 平方米。馆内藏有评弹各类珍贵历史资料 1.2 万余件，各种评弹孤本、脚本几百部。

2. 平江路上听评弹：

参观完苏州评弹博物馆，出门就是平江路。整条平江路洋溢着苏州本土市井味，更重要的是，这里遍布着大小评弹书场。选一家书场，沏一壶碧螺春，消磨一个下午，是不错的选择。

3. 评弹里的吴侬软语：

苏州评弹是用苏州方言演唱的戏种，独具地方风情。苏州话又称"吴侬软语"，婉转动听。听完苏州评弹，不妨学说几句苏州话。下面的苏州话，快来读一读吧！

有数脉——知道了

妄东道——打赌

横竖横——横下心来什么都不怕

贼骨牵牵——坐立不安

铜佃眼里千跟头——爱财如命

4. 画评弹：

数百年间，苏州评弹产生了一大批经典书目，如评话《三国》《水浒》《岳传》等，如弹词《三笑》《白蛇传》《玉蜻蜓》《珍珠塔》等。选择一个你感兴趣的故事，先读一读，再拿起你的画笔，画一个你最喜欢的评弹人物吧。

研学主题二：苏园寻踪

研学因由： 苏州古典园林宅园合一，可赏，可游，可居。这种建筑形态，是在人口密集和缺乏自然风光的城市中，人类依恋自然、追求与自然和谐相处、美化和完善自身居住环境的一种创造。

研学路线： 苏州园林一日游

1. 狮子林：

狮子林坐落于古城区园林路，园内假山遍布，长廊环绕，楼台隐现，曲径通幽，有迷阵一般的感觉。

2. 拙政园：

拙政园离狮子林不远，步行只要五分钟。拙政园富有浓郁的江南水乡风格，前人赞誉"一郡园亭之甲"，与北京颐和园、承德避暑山庄、苏州留园并称为"中国四大名园"。

3. 沧浪亭：

沧浪亭，位于苏州市城南，是苏州最古老的一座园林，始建于北宋庆历年间。沧浪亭的造园艺术与众不同，未进园门便设一池绿水绕于园外。园内以山石为主景，迎面一座土山，沧浪石亭便坐落其上。山下凿有水池，山水之间以一条曲折的复廊相连。

研学活动：

1. 我的园林相册：

在游览园林的过程中，用相机或手机捕捉最美好的景致，为每张照片配一句话。

2. 细读拙政园：

去拙政园，可以留心下东园、中园和西园分别有哪些建筑。把你找到的亭台楼阁的名称写下来。

东园有：_____

中园有：_____

西园有：_____

3. 沧浪入画中：

请把你眼中的沧浪亭画下来吧！

研学主题三：苏味道——苏州美食之旅

研学因由： 上有天堂，下有苏杭。几千年的历史赋予苏州独特的韵味。小桥流水，粉墙黛瓦，再加上古韵十足的江南园林，刻画出一幅极具中国特色的水墨画。但"东方威尼斯"的魅力绝不止于此，街巷深处的苏州味道才是让人魂牵梦萦的"佳人"。得天独厚的地理位置赋予了这座城市丰厚的美食宝藏，苏州人坚持着自己千百年来的饮食习惯：精致、新鲜、不食不时。这是专属于苏州的风流。

苏州美食日历

月份	美食	时鲜
一月	腊八粥、桂花糖年糕	荸荠、鲢鱼
二月	酱鸭	韭菜、青鱼
三月	青团子、撑腰糕、酱汁肉、春卷	荠菜、菉蒿头、桂鱼、芦蒿、金花菜、碧螺春、刀鱼、螺蛳
四月	腌笃鲜、酒酿饼	塘鳢鱼、甲鱼、香椿头、马兰头、枸杞头、螺蛳、春笋、莼菜、茭白
五月	松花团子、乌米团子、神仙糕、咸鸭蛋	东山白沙枇杷、苋菜、本地蚕豆、蒜苗、青梅
六月	三虾面、枫镇大肉面、炒肉馅团子	河虾、杨梅、樱桃

七月	荷叶粉蒸肉、酸梅汤	白鱼、黄鳝
八月	冰冻绿豆汤	鳊鱼、鸡头米
九月	阳澄湖大闸蟹、桂花糖芋艿、肉月饼	莲藕、红菱、河鳗
十月	重阳糕	茨菰、鲃鱼
十一月	酱方	冬笋、鲫鱼
十二月	藏书羊肉、冬酿酒	橘子、草鱼

研学活动：

1. 写美食：

在品尝美味之余，把你舌尖上感受到的味道写下来。

2. 访美食：

寻访隐藏在苏州街头巷尾的特色小吃，画一张"苏州特色小吃地图"。

3. 画美食：

拿起你手中的画笔，把你最喜欢的苏州美食画下来吧。